Thomas l'Obscur

布 朗 肖 作 品 集

MAURICE BLANCHOT

（法）莫里斯·布朗肖 著

林长杰 译

Thomas l'Obscur

# 黑暗托马

南京大学出版社

**图书在版编目(CIP)数据**

黑暗托马 /(法)布朗肖著;林长杰译.—南京:
南京大学出版社,2014.6(2024.3 重印)
(布朗肖作品集)
ISBN 978-7-305-10356-8

Ⅰ.①黑… Ⅱ.①布… ②林… Ⅲ.①长篇小说-法
国-现代 Ⅳ.①Ⅰ565.45

中国版本图书馆 CIP 数据核字(2012)第 176510 号

**THOMAS L'OBSCUR. Nouvelle version**
de Maurice Blanchot
Copyright ⓒ Editions GALLIMARD, Paris, 1950.
Simplified Chinese translation rights ⓒ 2014 NJUP
Through Garance Sun Agent Littéraire
本书中文简体字译稿版权由台湾行人股份有限公司授权出版发行
Copyright ⓒ 2006 林长杰
All rights reserved

江苏省版权局著作权合同登记 图字:10-2011-125 号

出版发行　南京大学出版社
社　　址　南京市汉口路 22 号　　邮　编　210093
网　　址　http://www.NjupCo.com
丛 书 名　布朗肖作品集
　　　　　HEIAN TUOMA
书　　名　黑暗托马
著　　者　(法)莫里斯·布朗肖
译　　者　林长杰
责任编辑　沈卫娟
照　　排　南京紫藤制版印务中心
印　　刷　江苏凤凰盐城印刷有限公司
开　　本　850×1168　1/32　印张 4.875　字数 58 千
版　　次　2014 年 6 月第 1 版　2024 年 3 月第 5 次印刷
ISBN 978-7-305-10356-8
定　　价　45.00 元

发行热线　025-83594756
电子邮箱　Press@NjupCo.com
　　　　　Sales@NjupCo.com(市场部)

＊ 版权所有,侵权必究
＊ 凡购买南大版图书,如有印装质量问题,请与所购
　图书销售部门联系调换

—

托马坐下来看海。有一会儿的时间他定住不动，就像他来到这儿是为追随其他那些泳者的行进，而尽管雾气让他无法看得很远，他的眼睛仍旧固执地盯紧那些艰难漂浮着的躯体。接着，一道强些的浪触及了他，于是他也走下沙坡，滑入那随即将他淹没的涡流之中。海很平静，托马已习惯不觉疲累地游完一长段时间。不过今天他选择了一条全新的路线。雾气掩蔽了海岸。一朵云垂降至海上，而海面就消失在一抹似乎是唯一真正实在之物的微光里。涡流激撼着他，却又不致带给他那种置身浪潮之中或在自己已知悉的环境

3

中翻滚的感觉。那种在水里空踩着的确信甚至迫使他前游的使力带上一种无谓操练的属性,让他只感到丧气。也许稍加自持,他便能将这样的想法驱离,但他的目光就是什么都抓不住。他感觉自己凝视着这片空无,像是为寻求某种解救。这时,被风带起的海水爆裂开来。暴风翻搅着海,将它倾洒至那无法企及之处,狂风袭过天空,而同时,有那么一份寂静与平和让人想到一切都已毁灭。托马试图从那一波波入侵他的淡涩波浪中挣脱出来。一阵冰冷瘫痪了他的手臂。水波环绕成漩涡。这真的是水吗?时而泡沫像阴白的雪片飞溅到他眼前,时而水的缺无抓住他的身躯,粗暴地将他拖行。他放慢呼吸,有一会儿,他嘴里留有那一阵阵迎面吹袭的狂风所带进来的液体:淡甜,那种味觉丧失之人的奇特饮品。然后,或由于疲惫,或由于某种不明原因,他的肢体带给了他那种和正翻滚着他肢体的海水相同的怪异体感。一开始,这种感觉几乎让他觉得舒服。他游着,同时追逐着某种遐想;在这遐想中,他与海融为一体了。脱离自我、滑进空无、散裂于水的思想里,这样的迷醉让他忘却所有的不适。甚至当这片他益发亲密地变身而成的理想之海也接着变成了他像是陷溺其中的真实汪洋时,他也没有预期中那般激动:像这样以一具纯粹只让他用来想到自己正洄游着的躯体漫无目的地游着,其中无疑有个什么令人无法忍受的东西,但他却也感受到一种解脱,仿佛终于探索到处境的关键点,且对他而言,一切仿佛就仅限于在一海之缺无里以一机体之缺无来继续其无尽的旅程。幻象并不持续。在那赋予他一具前游躯体的水中,他必须从一侧翻身到另一侧,像一艘失控偏航的船。漂向何处?奋战,不要被那其实是他手臂的潮浪带走?被淹没?酸苦地陷溺于自身之中?这当然是停止的时候了,但他仍存有一丝希望,仿佛这样游着,他会在他那修复了的内里之中发现一种全新的可能性。他游着,没有鳍的怪物。巨形显微镜下,他化身为一团蛮强、长满鞭毛的颤动体。而当他试图以水滴之姿潜入一个模糊却又无限精确的区域——如圣地般适合他，仿佛只消置身其中即可存在——这诱惑更是变得奇特；这像是个想象的凹洞，而他之所以探入，是因为他从前曾经来过，他的指印已经在这里留下。他最后奋力一搏，为将全身整个置入。这很容易，他丝毫没有障碍地就与自己连结、融合了，定处在这没有其他任何人能进来的地方。

他终究必须回返。他轻易地找到返程的路，踏上泳者们为深潜所使用过的一块区域。疲倦感已经消失。耳边似乎传来嗡鸣，眼睛感到灼痛，就像在盐水里浸泡太久后可以预料到的。而直到他转身面向那一汪反射着阳光的无尽水面，并且试图确认他先前究竟朝哪个方向远离的时候，他才有所察觉。他视界前方真的就蒙着一层雾气，而在这片为他目光所热切穿透的浑沌空无中，不论什么他都辨识得出。如此全力监看着，他发现一个游得很远的男人，半消失在海平面下。泳者和他维持着等距，不断地游出他的视线之外。他看见他，然后又看不见，却又感觉跟上了他的每一个动作：他不仅一直都极清晰地感知到他，还以一种完全亲密、像是任何其他接触都无法超越的方式与他接近。他就这样久久地看着，等着。在这凝视当中，有着某种令人痛苦的东西，像在表达一种太大的自由，一种借断绝一切联系而得到的自由。他的脸变得紊乱，显现出未曾有过的表情。

二

他还是决定转身背向大海，走进一座小树林里，并在行走了几步之后躺下。一天就要结束了；几乎已经没有光线，但景物的某些细部依旧清晰可辨，特别是围限住地平线而发出光芒的小山丘，自由而无忧虑。托马所担心的，是他躺在草地上，而且想要长久地躺下去，尽管这个姿势对他而言是禁止的。天黑了，他试着站起来，便用两手撑住地面，一脚跪起，而另一条腿就这样晃着；接着，倏然一个动作，他就站起来了。他直直地站着。事实上，于他所身在的方式里，有那么一种犹豫不决让他对自己的行为产生怀疑。因此，尽管闭着眼睛,他也不像是已经放弃了看进那黑暗里,而是恰好相反。同样地,当他举步前行时,也让人感觉不是他的腿使他前进,而是他那不想走的欲望使然。他走下一个像是地窖的所在,一开始他还以为这地方很大,但很快就发现原来极度狭小:往前、往后、往上,每一处手带到的地方都硬生生碰触到那坚硬如石砌墙垣的壁面。不论从任何一边,路都被阻断了,到处都是跨不过的墙,而除了这片墙外,最大的障碍尚且包括他那蛮强坚定的决心,硬要将他留在这里睡,在一种等同死亡的被动里。真是疯狂,在这不确定之中,他一边探寻着拱穴的极限,同时将身躯移靠至穴壁紧紧顶住,等着。被自己拒绝前进的意念推着向前走,就是这样的感觉控制着他。也因此,一会儿之后,当他发现自己被带离至几步远的地方时,他并没有太过惊讶。他的惶惑已是如此清晰地为他呈现出了未来。说是几步,其实是不可信的。他的前进无疑是表象的成分多过实际,因为这个新的地方和原来的那个并无区别,他遭遇到相同

的困难,且就某方面而言,这地方和先前他因恐惧远离
而远离的那个地方是一样的。这时,托马不小心望了
周遭一眼。夜比他所想象的更暗,更难以承受。黑暗
淹没了一切,那幢幢阴影已是没有希望穿透,但在一种
极具强撼亲密感的关系中,现实却得以捕捉。他首先
观察到他还可以使用他的身体,尤其是他的眼睛;这并
不是因为他看见了什么,而是他所注视的,时间一久就
将他与他朦胧地感知到就是他自己并浸浴于其中的大
块夜色建立起联系。自然,这样的观察只是出于他的
假设,就像是个很说得通的见解一样,而他也纯粹只因
亟需厘清新状况才不得不实行。因为没有任何方法可
以测度时间,他在接受这种看法之前或许已经等了几
个小时,但是,对他自己来说,却仿佛恐惧已立刻战胜
了他。他羞耻地抬起头来,接受那已在心中酝酿着的
想法:在他之外,有个和他自己的思想相仿的某种东
西,而且他的目光或他的手就能触及。令人憎恶的遐
想。很快地,夜已让他感觉比任何一个夜都更黑、更恐

怖,仿佛这夜真的就从一个不再反思的思想伤口,从那被非思想之物讽刺地拿来作为对象的思想中脱逸出来。这就是夜晚本身。那些幽暗的影像将他淹没。他什么都看不见了,但他一点也不惊慌;他令这视象的缺无成为他目光的顶峰。他那无法看视的眼睛,呈现出异常的比例,并以一种过度的方式发展起来,而且就摊展在地平面上,让夜透入其中心以便从中接收日光。在这空无中,目光就这样和目光的对象混淆了。不仅是这只看不见的眼睛惧怕着什么,他同样也惧怕着他视象的根由。他将那使他什么都看不见者看作实物。当他的目光被视为如同一切影像之死时,这道目光却以一个影像的形式进入他自身内中。这为托马带来新的忧虑。他的孤单似乎不再那般完全,他甚至感觉到有某个真实的东西碰撞到他并且企图钻进他内里。或许他应该也可以为这种感觉做出不同的诠释,但他总是非得做出最坏的打算不可。他的理由,是那印象如此鲜明且难以承受,让他几乎不可能不屈服。即使他也质疑过其真实性,但要他不去相信那某种极端且狂暴的东西才是最困难的,因为一切证据都显示有个外来异体已入驻他的瞳孔,并且奋力钻往更深处。这非比寻常,让他极不舒服,而且更由于那物体不是个小东西,而是整棵的树,整片充满生命、仍然颤动着的树林,他愈发不舒服了。他将此感受为使他失去信用的一个弱点。他甚至不再注意事件的细节。也许有个人由这相同的开口钻了进去,他也无法肯定或否认。他感觉像是海浪侵入了他所身处的这个类似深渊的地方。对这一切,他并不太挂虑。他只注意着他那忙于辨认出种种与他混淆之存在的双手——其局部辨识出这些存在的特征,像是狗以一只耳朵呈现,而鸟则是取代了那供它栖息歌唱的树。因为有这些进行着超越一切诠释之行为的存在,建筑、整座城市才得以建立;那是由空无及成千上万块石头堆栈而成的城市,是在血液中滚转且时而撕裂动脉、扮演着早先托马称之为观念和热情者之角色的创造物。恐惧就这样攫住他,且变得和他的尸体无从分辨。欲望同样就是这一具睁着眼、自知已死却仍像只被活吞的动物笨拙地爬回嘴巴里的尸体。种种感觉占据了他，随即将他吞噬。他肉身的每一部分都承受着千万只手的压挤，而这千万只手就只是他的手。一股致命的恐慌敲击着他的心。他知道，他的思想已融入了夜，而且就守在他躯体周围。他知道，以恐怖之确信，这思想也在寻找着一个进入他的方法。它紧贴他的唇，钻进他嘴里，试图完成那怪物般的恐怖结合。在眼皮底下，它创造出一种必要的眼神。而同时，它也愤怒地毁掉这张它拥吻的脸。奇幻之城、坍坏之邦都已消失。石头被丢到城外。人们移走树木，搬走断手和尸体。唯有托马的躯体不具意义地存续下去。而思想，回到他内中，进行着与空无的交流。

三

他回到饭店晚餐。原本他必定会坐到大桌子那个他惯坐的位子上，但他临时又改变心意而坐到一旁。吃，在这时刻，并非无关紧要。一方面，这极诱人，因为如此可让他证明自己仍有回到过去的自由；但另一方面，却也是不好，因为他很有可能是在一个过于狭隘的基础上重获自由。于是他宁可采取一种较不直接的态度，并向前迈了几步，好看看别人将如何接受他这新的存在方式。首先他竖耳倾听，有个含糊、粗糙的声音，时而强力上扬，时又轻弱得听不见。错不了的，这必定是谈话的声音，而且，当言语变得较为轻柔，他听出一

些非常简单的用词——仿佛字字都经特别挑选，好让
他能更容易了解。但词语并没有满足他，他想要叫唤
那些面向他的人，便朝桌子挤了过去。到了桌前，他仍
旧不发一语，只看着眼前那一个个在他看来似乎都具
有一定重要性的人物。有人示意他坐下。他无视这个
邀请。有人提高音量喊了他，而一个已经上了年纪的
女人转头问他下午是去游泳了吗。托马回答是。一阵
沉默，谈下去还有可能吗？而他所说的话肯定不太令
人满意，因为女人带着责备的神情看着他，接着便慢慢
起身，像个无法达成任务的人留下了某种不知名的遗
憾，然而尽管如此，却也不妨碍她让自己的离去显示出
她非常乐意放弃这一角色。托马不假思索就坐到那空
位上，而一坐上那让他觉得矮得出奇却又舒适的椅子，
他就只想到享用刚刚拒绝的那顿晚餐。不会太晚了
吗？他很想针对这一点询问在场的人。当然，他们对
他也并不真的显露出敌意，他甚至可以指望他们的善
意——没有这善意，他是连一秒钟也无法待在这屋内

的——但在他们的态度中，确也有着某种阴险的东西不允许信任甚至任何关系的存在。观察过邻座后，托马大为惊骇：对方是个高大的金发女子，她的美丽随着他对她的注视而苏醒。刚刚他坐到她身边时，她似乎还感受到一股极为强烈的喜悦，现在却像是浑身僵硬，还以一种幼稚的故意闪避到一旁，尤其当他靠近，想从她那儿得到一点鼓励的表示时，她更是变得陌生。他还是继续盯着她看，因为她整个人被一道绝妙的光线所照亮，深深吸引着他。听见有人喊她安娜（一个非常尖锐的声音），看见她随即抬起头并准备应答，他决定行动了，伸手就用力拍了桌子。失策，他只能承认，这个举动极不妥当：结果随即显现。每个人都像是被一桩唯有假装没看到才可堪忍受的疯狂行为所激怒般，自闭在一种凡事再无可能与之对抗的克制里。几个小时也许就这样在全无丝毫希望生成的情况下过去，而顺服的最大证明就和一切叛变的企图一样注定失败。这场竞赛看样子是输了。这时，为了激化事件，托马开始细细端详他们每一个人，甚至包括把头转开或者就算与他目光交会也对他全然视若无睹的那些人。这样一道空洞、苛求、恣意飘游而且像在呼求着什么的目光，任谁也不会有情绪长时间容忍，而那位女邻座更是无法接受：她站起来，摸了摸头发，然后擦擦脸，静静地准备离去。她的动作显得多么疲惫啊！才一会儿之前，她脸庞所浸浴的柔光、她衣服所映照出的亮泽，在在都使她的在场如此令人感到安慰，而现在，这样的光辉已经消逝无踪。只剩下一个存在，于消褪的美丽中现出脆弱，甚至丧失一切真实感，仿佛身体的轮廓不是以光描绘，而是以那种让人以为是骨头所漫射出来的磷光。不可能再期待从她身上获得丝毫鼓励了。在与他凝视中的亵意奋战的同时，每个人都只是更深地陷入一股孤独感里，而在其中，无论想去到多远，结果都只是迷失而且将继续迷失。然而，托马拒绝就这样被简单的印象说服。他甚至故意转向那年轻女孩，尽管他的视线其实可说是未曾从她身上移开。在他周围，所有人纷纷站起，混乱中夹杂着刺耳的喧哗。他也站了起来，并且在这现已没入黑暗的厅室里，目测走到门口所需跨越的距离。这时，一切骤然亮起，电灯照亮了前厅，而亮晃晃的室外仿佛一团又软又热的厚稠等着人走进去一样。在此同时，少女从屋外叫唤他，那坚决而几乎过于高扬的声音蛮强地回响着，让人分不清这力量是来自于那被传达的命令，或仅是来自于那太过认真看待这命令的声音。对这邀请极具感受力的托马，他的第一个动作就是依照指示，急忙奔入那虚茫的空间里。随后，当沉默掩盖了呼喊，他又不再那么确定是否真的听见了自己的名字，所以他就只是竖耳倾听，希望那人再喊一次。谛听着的同时，他想到了所有这些人的远离，想到了他们的绝对静默、他们的漠然。希望看到一切的距离就在一声单纯的呼喊中消弭于无形，这不啻是纯粹的幼稚妄想。这甚至是丢脸而且危险的。这时，他抬起头，看到所有的人都已经走了，他接着也离开了厅室。

四

托马待在房间里看书。他坐着，双手交缠搭在额头上，拇指按住发根，极为专注，以致有人打开了门他也一动不动。进来的人，看见他的书一直摊开在同一页上，以为他假装读着。他读着。他以一种无可超越的细心和注意力读着。对于每个符号，他如同置身于那即将被母螳螂吃掉的公螳螂般的处境。他们看着对方。文字，出自于一本具有致命威力的书，在那碰触到它的目光上施以一股轻柔且平和的吸引力。每一个字，就像是颗半闭的眼睛，让那太过活泼、于其他情境中可能无法被忍受的目光进入。托马就这样毫无防卫地滑进这些通道,直到他被文字深密的内里所察觉。

这还说不上恐怖,相反地,这是一段让他想加以延长、

几乎算是惬意的时光。阅读者愉悦地审度这点微渺、

肯定是被自己唤醒的生命星火。他满心欢喜,在这颗

看见他的眼睛中看见自己。这样的欢喜变得如此巨

大。巨大、不留情到让他必须带着某种惊恐来承受,而

站起来后——无法忍受的时刻——没有从他的对谈者

接收到任何应和的表示,也让他察觉出那种被一个字

如被一个活人般观察着的一切怪异性,而且不仅是被

一个字观察,是被所有藏身在这个字里的每个字,所有

伴随这个字并于各自内中也包含其他字的每个字——

像是一整排开向无限、直至绝对之眼的天使——所观

察。面对这样一段防御极佳的文字,他没有逃开,而是

使出全力企图抓住它,顽固地拒绝将视线抽离,并且自

信仍是个深刻的读者,其实这些字已经控制了他并且

开始阅读他。他被掳获了,被一颗充满汁液的牙齿咬

住,被一只只清晰可辨的手捏揉;他与他活着的身体进

入了文字的无名形态里,并把他的实体给予它们,形成它们的关联,为存在这个词提供存在。连续几个小时,他站定不动,而眼睛所在之处,不时就出现眼睛这个词:他滞钝、迷眩、赤裸裸地暴露着。甚至后来,当死了心并且注视着书本的他嫌恶地在那自己正读着的文本的形式中认出了自己时,他还是保有这样的想法:在他那已丧失意义的自身中,栖息于他肩上的他字和我字展开厮杀的同时,晦涩的话语、无肉身的灵魂和字的天使依然存留,且持续深入地探索他。

第一次他辨识出这样一个在场,是在夜里。借由一道顺着窗板降下、将床一分为二的光线,他看到房间里是那么的空,那么的连任何一物都无法包含,这景象让他看了难受。书本在桌上蚀坏。房里无人走动。他的孤寂是完全的。然而,他有多确定这房中,甚至这世界上空无一人,他就有多确定有个人就在那里,藏身在他睡眠中亲密地接近他,在他周围且在他内里。以一个天真的动作,他从座椅上站起,企图穿透夜晚,试着用手为自己带来光亮。但他就像个瞎子，一听见声响就匆忙地点亮灯：无论什么都无法让他以某种形式将这样一种在场掌握。他与之搏斗的对象，是个无法企及的、外来的东西，某种他只能说，这不实存，而事实上却又让他至感恐怖，感觉就在他的孤寂境域中浮游漂晃的东西。整夜、整日伴随这样的一个存在警醒着，想歇息的他骤然又警觉到原先的个体已被另一个存在所取代，另一个同样无法接近、同样晦暗却又相异的存在。这是一种于不实存者中的转调，另一种缺无的方式，另一种他于其中活化的空无。现在这是确定的了，有人向他靠近，而且那人不是身在无处与到处，而是在几步远处，看不见但确定。一股他无法承受其接触的威力，以一种无可阻却亦无可激促的动作与他遇合了。他想逃。他冲到走廊。急喘，几乎不能自已，才走几步就发现那逼向他的存在有了无可避免的大迈进。他转回房里，堵住房门。他的背抵住墙，等着。但不论分钟或小时都无法耗竭他的等待。他自觉越来越接近一个异形畸怪的缺无,而与之相遇却需要无限的时间。时时刻刻,他感觉这个缺无愈来愈近,并且他超前了它一小段时间——微不足道,却又无法减灭的一段时间。他看见它了,那个在空间中已紧紧压挤着他,且实存于时间之外、待在无限远处的骇人存在。等待与焦虑是如此难以承受,逼使他非得从自身中脱离出来不可。某种形态的托马自他的躯体脱出,并且赶到那躲着的威胁的前方。他的眼睛不仅试图在空间的广延中视望,也试着在那时间的延续中、在时间中尚未实存的那一点里注视。他的手企图触摸到一具无法触知且非现实的身躯。这样的努力实在太过痛苦,以至于这个离他渐远的东西在远离的同时却也企图诱引他,让他感觉它就和那无法言传地靠近的东西一模一样。他倒在地上了。他感觉全身像是被不洁所覆盖。他身体的每一部分都在承受着一次临终。他的头被迫触及痛楚,他的肺被迫呼吸着这痛。他就躺在地板上,蜷曲着,缩回自身中,然后又脱离。他沉重地攀爬着,几乎就和蛇——为相信在嘴里感觉到的毒液为真,他宁可变成一条蛇——没有两样。他把头移到床下一个积满灰尘的角落,就在这片尘埃中歇息,仿佛这是一处清爽之地,且他以为比自己本人更为洁净。就是在这状态下,他感觉被咬住或被痛击——他不太确定——被一个他觉得像是个字,却又更像是只有着锐利眼睛和纯粹牙齿、根本就是头无敌猛兽的巨鼠之类的东西所攻击。看见它就在离自己的脸几寸远的地方,他无法抗拒那种将它吞噬、将它带进那与自身之最深刻的亲密的欲望。他扑向它,用指甲刺入它的脏腑,试图将它变成他自己的。夜晚即将结束。窗板透进的光灭了。但和那恶兽的搏斗——它终于显露出一种无与伦比的尊严、壮阔——却继续维持了一段无法量度的时间。对躺在地上那个咬着牙、皱紧脸,拼命挖着眼睛好让恶兽进入的存在来说,这是场恐怖的搏斗;而如果说这个存在先前还像个人的话,现在的他无疑像个疯子。但对这个长满红毛、眼睛莹莹闪烁的某种黑天使来说,这场战斗几乎可说是美丽的。时而一方自认为已胜出,便见纯真两字伴随着一股压不住的恶心感坠降至内中并将之玷污。时而又是另一方将对方吞噬,拖带至其所出之洞,然后像个又硬又空的躯壳般将之吐出。每一次,托马总是被同样那些曾经蛊惑住他而他如梦魇的解释般追索着的文字击退至他自身的最深处。他感觉自己变得愈来愈空,也愈来愈重;他仅以一股无尽的疲乏动着。他的身体,在经历过无数次搏斗之后,已变得完全不透明,并带给那些看着他的人一种眠歇的安详印象,尽管他一直是持续地醒着的。

五

第二晚差不多半夜的时候，托马起身，无声地下楼。没人看见他，除了一只几乎瞎了的猫。这只猫看到夜晚改变了形貌，便跟在这个它看不见的新的一夜后面跑。在钻进一条让它嗅不出任何气味的地道后，这只猫便开始喵叫起来，从喉咙深处挤出那种猫儿要人明白自己是只神圣动物的嘶哑叫声。它鼓胀起全身，哀嚎着。它从它所变身成的偶像中提取出那向夜晚倾诉、无法理解的声音，并且开始说话。

　　"怎么回事？"这个声音说，"那些平常和我往来的精灵，像是碗满的时候扯住我尾巴的精灵、早晨时抓起

我然后放躺到一窝舒适绒毛里的精灵,还有那所有精
灵中最美、嗯嗯喵叫着像极了我、简直就像是我的自身
的精灵,每一个都消失了。我现在在哪里? 就算我伸
出脚细细探查,我什么也不会发现。没有任何地方有
任何东西。我置身于一条终端檐沟上,而在这里,我只
有掉下去。但让我害怕的并不是掉下去,而是事实上,
我甚至无法掉下去;任何的坠落都不可能;我被一种推
挤着我而我无法穿越的特异空无所包围。现在我究竟
身在何处? 我身负的厄运。从前,我骤然化身为任人
丢置火中却可毫发无伤的兽便得以参透最高机密。由
一道将我断分的闪雷,或是我迅速的一爪,我在谎言和
罪恶未被犯下之前就将之识破。而现在,我是一个没
有目光的存在。我听见一个畸怪的声音说着我正说着
的话,而我一个字都听不懂。我思想着,而我的思想就
像毛发的卷曲和耳朵的抚触,与那些我赖以维持的外
来异种一样没有用处。唯有恐怖进入我内心。我翻身
再翻身,让一头骇人恶兽的哀嚎可以被听见。我感觉

到可怕的伤口，自己像是一张脸，和精灵的一般大，还有一根滑溜黯淡、盲人般的舌头，一个丑陋、没有预感能力的鼻子，和那巨大却全无那股让我们得见我们内心事物之正直火焰的眼睛。我的皮裂开了。不用怀疑，这是极致的操作了。一旦不再可能——甚至就在今晚——借由摩擦我身上的毛来得到一缕超自然的光，那就真的结束了。我已比黑暗更暗。我是夜晚的夜晚。我穿越阴影——我之所以与之有所区别，是因为我是它们的阴影——前去会见上级猫。现在，我的内心无丝毫畏惧。我那完全和人相仿、一个幸福人的身体，仍保有人的尺寸，只是头特别巨大。有声音响起，是一个我从未听过的声音。一线微光像要闪出我身外，却是又暗又潮，在我周身围起一圈让我出不去、犹如另一个躯壳般的圆。我开始辨认出周遭的景象。而当夜色变得更加深沉，一个暗白的硕大形影就在我面前矗立。我说我——由盲目本能所引导的我——因为自从我整个失去了那被我视为世界之方向舵的尾巴后，我就显然不再是我自己了。这颗不断长大的头——而且说是头,却更只像是一道目光——到底是什么?看到它总是让我感到不舒服。它会动,会靠近。它完全面转向我,而且尽管它是道目光,它还是带给我那种看不见我的可怕印象。这种感觉令人无法忍受。要是我还有毛,我肯定会感觉全身的毛都竖了起来。但以我现在的状况,我甚至没有办法体验我所感受到的恐惧。我死了,死了。这颗头,我的头,甚至看不见我了,因为我已经被消灭了。因为是我看着我自己,却又看不到。噢,上级猫,我为确认自己的亡逝而在一时间变成的上级猫,现在我就要永远消失了。首先我将不再是个人。我重新变回一只冰冷、无法被附体的小猫,平躺在地。我又嘶叫一次。我最后一次看了这块即将闭合的谷地,而且还看到一个人,他也是上级猫。我听见他耙着地,可能是用他的爪子。对我来说,所谓的彼方已经不再。"

弓背跪着,托马翻挖地面。他周围散布着数个坑穴,而日光就被挤压在坑缘底下。第七次,他慢慢挖开一个合他尺寸的大洞,双手在地上留下掌印。而当他挖着时,那空洞仿佛塞进了十数只手掌,然后是手臂,最后是整副躯体,这为他的劳动带来一股他很快便无法抵御的阻力。墓穴被个体充满,个体的缺无亦被墓穴所吸收。一具赶不走的尸体插身其中,并于这形式的缺无中发现了其在场之完美形式。这是一出剧,而其惊悚被村里的人们于睡梦中感知。洞挖好后,托马将一颗大石头挂到脖子上,往洞里一跳,却撞到一具比地面坚硬千倍的身躯,那是已先进到墓穴里挖掘的掘墓人的身体。这完全合他尺寸、他身形、他厚度的坑穴,就像是他自己的尸体,而每次想将自己藏匿其中时,他总像是一个试图将自己的躯体埋进自己躯体里的荒谬死者。因此,在每处他原可能入主的墓穴中,于种种对死者而言其实也就是坟墓的感觉里,在那他借之以死却不许人相信他已死的消亡里,有着另外一个超前他的死者,而这个完全等同于他的死者,更将他生与死的暧昧性推至极限。在这个他和猫以及猫之梦共同临降的地下之夜，一个缠满绷带、感官被七个印封住，而精神亦缺无的分身占据了他的位置，而这分身正是他唯一无法与之谈和者，因为他和他一样，都实现于绝对空无中。他俯身朝向这冰凉的坟墓。如同上吊的人一脚踹开还踮着的矮凳，最终之岸，没有那种从空中一跃而下的感受，而是只感觉被绳索紧紧拉住，前所未有地紧密系连至那个他只想甩脱的实存；他也一样，在自知死亡的那一刻，他缺席了，彻彻底底地从他的死亡中缺席了。不论是他那于自身深处留下与尸体接触般的冷意——其亦非冷意，而是接触之缺无——的身躯，或是从他每一个毛孔渗出而让人无法使用任何感官任何直觉甚至思想来看见他——即使当他为可见时——的黑暗，抑或他无论如何都不能被看作是活人的这个事实，全都不足以让人视他已死。而且这不是一个误会。他真实地死了，同时又被死亡的现实所拒斥。在死亡本身之中，他这个被剥夺了死亡、被恐怖地消灭的人，被他自己的形象、被那高举熄灭的火炬跑在他前面且如同最终死亡之实存的托马定止在虚无中。而当他俯向这片让他于形象的完全缺无中看见自己形象的空无，并感受到最剧烈的一阵晕眩——不是让他跌倒，而是反而让他不致跌倒的晕眩，让那已是不可避免的坠落变为不可能的晕眩——土地已经在他周围逐渐变薄，而夜，一个已全无响应而且他看不见、只因它比自己更不真实才得以感受到其真实感的夜，已经包围了他。置身于事物的核心，这样的印象以各种形式侵入他。即使身处无法穿透的地表之上，他也已经是在这土地的内里，且其内部处处触及他。夜从各处将他围裹。他看见，他听见那来自于一种无限的亲密，而他就在其中被这极限的缺无本身紧紧包束。这个死亡之谷的非实存性让他感觉就像是个咄咄逼人的实存。渐渐地，一股粗涩湿泥巴的气息朝他蔓延过来。他就像是个在棺材中转醒的活人，惊恐地看着那不可触知而自己正漂浮于其中的泥土地转化为一种没有空气的空气，充满了泥土、腐木、潮湿布料的气味。现在，真的被埋着的他发现自己在那像是石膏材质的层层堆栈下置身于一个令他窒息的小地穴里。在各个重压着他的器物中,他没入当中冰凉的一处。如果他仍实存,那是为了在这间满是丧花魂影的房室中确认重生之不可能。他在窒息中重获气息。他重新找回了在一间以穿不透的静默和黑暗禁锢住他的监狱中行走、看视、呼喊的可能性。当他跨过最后几道障碍,出现在他墓穴的窄门时,他是何等异骇啊;那不是复活,而是死了,并且确信着自己同时从死亡和生存中被脱拔出来。他走着,上了色的木乃伊;他看着那竭力使一张活泼笑脸显现在他缺无的脸面上的太阳。他走着,唯一真正的拉撒路(Lazare)①,复活的是其死亡本身。他前进,踏过夜的最后阴影,泥草沾覆全身,但这丝毫无损他的光耀;众星沉坠,而他以均稳的步伐,以相同的步伐为那没被裹尸布包覆的人们标记出那朝向生命最珍贵之点的上升。

———————

① 见约翰福音章十一节四十三至四十四。

六

安娜见他走近，并不觉得诧异；在这躲不开的存在身上，她认出那就算她试图逃开也是徒劳，而且她每天都将遇见的人。每一次，他都笔直地走向她，以一种坚定的步伐行进于一条浮现于大海、森林，甚至天空之上的道路。每一次，当这世上只剩阳光和这不动的个体立定身旁，安娜，被他那沉默的定止所包围，被那将她暴露的深沉冷漠所带离，经由他而感受着宇宙所有的沉静就浓缩在她自身内中；而当终极正午的音声当当响起，已和静默合为一体且承受着最大平和的迫压、不敢有所动作或思想的她便见自己燃烧了、死亡了，眼

睛、脸颊烧出火,嘴巴微张,像呼出最后一口气般将他
晦暗的身形在大太阳下挤出;而死得完全透明的她身
旁这个不透光的死者已愈变愈粗厚而且比沉默更沉
默,同时损毁了钟点、迷乱了时间。精准、无上的死,每
日复始的非人的、可耻的时刻,她无法逃离。每天,他
相同的时间来,来到相同的地方。而且是完全相同的
时刻,相同的花园。以约书亚(Josué)那股定住太阳以
争取时间的天真[1],安娜相信事物持续着。但那可怕
的、死在无法枯干的绿叶中的树,和那从她头上掠过的
飞鸟——可叹啊!这竟也无法蒙混过关,或是使它们
自己看起来像是活的——还庄严地守住视界,让她前
一天所经历的场景永恒地重新开始。然而,这一天,就
像一具放到一张床上接着又被移往另一张床的尸体,
确实变换了位置;她起身,走在托马前,将他拖往邻近
一条公路上的小树林里,而那些来到他面前的人或是

_____

① 约书亚记章十节十二至十三。

看着他远离，或是以为他静止不动。事实上，他真的在走路，并以一副与他人无异的身躯——尽管已耗损四分之三——进到一个区域里。而如果说他自己在这区域中消失，他也随即看到其他人掉进另一个比起他们若继续存活更让他们远离他的虚无里。在这条路上，每一个他所遇见的人都死去。每个人，如果托马转过眼去，都与他一同死于一种没有任何呼声宣告的死亡。他注视着他们。他已看见他们在他的目光下丧失一切的相似性，额头上带着一道让他们的脸缩逃进去的小伤口。他们并不消失，但他们不再出现。他们浮现于最远方，哑而不成形。而近些，就算他碰触他们，用那并非是他的目光，而是那颗烁亮、隐形，时时刻刻就是他整个自己的眼睛所发出的目光注视他们，再更近些，几乎融入他们，把他们当成他的影子或当成已死的灵魂，吸入他们、舔噬他们，将他们的躯体往自己身上涂抹，他也接收不到丝毫的感觉或形象。他们缺空于他，就如同他缺空于他们。终于，他们过去了。他们确定是走了。他们滑下一道极陡的斜坡,而在前去的那个地区中,他们的一切全都变为不可见,除了偶尔他们那磷亮的目光如厚重光迹般压着地平线爆炸般出现。这是一次可怕而神秘的大掠劫。在他后方,不再有言语,不再有沉默,不再有后与前。环绕着他的空间是空间的相反,是那些蒙着面纱进入的人徒然实存于其中的无限思想。

在这深渊里,安娜独力抵抗着。在这距离空无最近的地方死亡、消散的她,仍可找到海难发生时那些和她的五官上维持着某种家族相似性的遇难者残骸。如果他突然从正面接近,企图出其不意地惊吓她,她总是会呈现给他一张脸。她一直改变,但永远还是安娜。她是不再与安娜有丝毫类似的安娜。同样是她的脸、她的五官,她却完全像是另一个人,但又还是同一人,安娜,不容否认的完整的安娜。一路上,他看见她像只与少女无异的蜘蛛般走来,并且带着一种特异的沉静,于消失的尸体、被掏空的人群间漫步在那被遗弃的世界里；一支奇幻族系的最后女裔。她以八只巨大的足爪前进，宛若步行于两根细腿上。她黑色的躯壳以及她那让人误将她的脱逃当成她将张口噬咬的凶残面貌都和安娜那穿上衣服的身躯相同，也和当别人试图近看时她那种轻巧的神态无异。她以一种突跳的方式前进，时而连续几个跃步吞掉中间一大块空间，时而又躺下盖住路面，像拉出一条隐形的丝般自己划定路线。她甚至没有必要蜷曲身子，直接就进到环绕托马的区域。她无法抗拒地逼近。她在他面前停住。而这一天，他——被这难以置信的勇猛及坚忍所制服，承认她内中确实有着一个不会在层层考验中消无，而且还像是个来自自由之回忆般回响着的某种无所忧虑的什么，并看见她高高挺立于长足爪上，和他的脸维持等高，借泌渗出一团微差、气味、思想涡漩的方式与他沟通——转过身，苦涩地往后看，就像是个走错路的旅者，远离、蜷缩而最终消失在他旅行的思想里。是的，这树林，他认得。还有这落日，他认得，和这枯干的树、

泛黑的绿叶。他试着推摇他身躯的巨大重量,那个他
所缺少并且幻想是借来的躯体。他必须感受那股从他
自体发散、如同来自一异外太阳的仿真热流,倾听那从
假泉源中流淌出来的气息,注意着一颗假心的跳动。
而她,那个埋伏在一个貌似污秽的背后、随时准备好以
自己在那续存了自身全部五官且缀满小碎镜的空气里
的真面目现身的死者,他认得吗?"是您吗?"他问。随
即他在眼睛里看到一团火焰,一张脸上一团冷冽、哀郁
的火焰。他在这陌生的躯体里颤抖着,而安娜,感受到
一缕苦楚的魂魄、一股她注定爱上的悼挽青春正进入
自己体内,觉得重新又变回了自己。

七

安娜经历了数日极大的幸福。她甚且未曾梦想过如这般单纯的幸福与和悦的温柔。在她身旁，他突然就成为一个她可以毫无危险地予以支配的存在。她若抓住他，也是以那最大的自由。他的头，他给了她。他的话，在说出口之前，就已经在那两张嘴里无分彼此了；他就是这么任由她随心所欲。在安娜操弄他整个人的方式中，在这让她可以如自己所有之物般对待这外来异体的无风险里，有着一股如此危险、任谁都会为之心惊的轻佻。在他身上，她只看见琐碎的嘴、轻浮的眼神，而看到一个她无法接近、无法想象让他开口说话的男人竟同意将头放在她的腿上磨蹭,她没有不舒服的感觉,而是觉得有趣。就她来说,这是个难以辩解的行为。在这两具如此亲密地以这般脆弱的联系交缠着的躯体间,不时能够预见一种以极骇人的方式显露出其少有关连的接触。他愈是退回自身内部,她愈是轻巧地前进。他吸引她,而她破入那张她以为自己还轻抚着其轮廓的面庞。她这样恣意地行动着,是因为她认为自己正和一个无法接近的人打交道,或是相反,和一个太容易接近的人?她的目光锁定他,这是个冒失的游戏或是个绝望的游戏?他的话语变得湿黏,甚至他最细微的动作都将她紧黏在他身上,而在她体内,正有颗逐渐肿大的液囊或许可让她在适当时机从中提取出那极致的黏合威力。她全身覆满吸盘。从里到外,她就只是试图结痂的伤口、进行植皮术的血肉。然而尽管遭逢如此巨变,她依旧继续戏要与嬉笑。她对他伸出手,说:

——究竟,您会是谁?

严格说来,这句话并不算是真正的提问。再怎么恍惚,她又怎能询问一个其实存本身对她而言就是个可怕问题的人呢?但她似乎有点惊讶,甚至微微感到震撼——是的,的确是震撼——对于尚且无法,不是了解他(这个假想本身就已是一种极端的自负),而是——这次的不谨慎超出所有限度——接收到一些关于他的讯息。而这种大胆对她来说并不足够,因为那股未能认识他的遗憾,并没有试图以表达之暴烈与疯狂在其特异形态中自我辩解,而是以一种洒脱、几乎无谓般的遗憾呈现。这是在所有这种操作所具有的煦良外表下,一次试探上帝的真正尝试。她正面看他:

——您到底是什么?

虽然不期待他响应,甚至也因确定他不会响应,故实际上并未对他提问,她还是以一种极浮滥的方式假定他会回答(当然,他不会回答,她没要求他回答,但借由她亲自针对他个人所提出的问题,她显出能将他的沉默诠释为某种偶发性的拒绝回答、某种说不定哪天

便会改变的态度这样一种神态),而这样一种处理不可
能者极粗率的方式,让安娜突然像是受启于这样一幕
可怕的场景:她蒙着眼一跃,而一时间,才脱离睡梦的
她霎时瞥见了她如此作为的一切后果以及她行为的疯
狂。她的第一个想法就是阻止他回答。因为最大的危
险——由于她刚刚贸然就以对待一个可质问之存在的
方式对待他——现在就轮到他像对待一个能够回答、
并能让她听候其响应的存在般对待自己。这个威胁,
她感觉就被置放在她内中深处,在那她已说出口的字
词的位置上。他已经抓住那只递向他的手了。他残酷
地抓住这手,让安娜相信他了解她的理由,而且终究,
他们之间或许存在着一丝可能的接触。就是因为确定
万一他开口,以他冷酷的严厉,他不会对她有所隐瞒,
他会说出一切要说的话,一切为了让他若停止说话时
的沉默——一个再没有什么可交代,却也什么都没交
代的存在的沉默——变得更加可怕的话。因此,她确
信他将开口说话。而这股确信是如此坚定,让他宛如

已经说了话般地向她显现。他如一座深渊围着她。他绕着她转。他眩惑她。他就要将那最不被预期的话语转化成她再也无法等待的话语来吞噬她。

——我是……

——住口。

时间已晚,而虽然明白时与日都只与她有关,她却在黑暗中叫得更大声了。她走近,面对窗户躺下。她的脸溶化、闭锁。当黑暗变得完全,她皱揉的面容俯向那她以来自地底的新语言称之为她的朋友者,而且毫不在乎自己此刻的状况,她想要,如同一个没有腿而以酒醉来解释自己为何无法走路的醉鬼般,她想要看清为什么她和这个死者的关系无法往前推进。就算坠得再低,而且也许就是因为从这地底,她才清楚看出他们之间有所差异,这差异极大却也不是大到让他们的关系势必永遭诅咒,她还是突然怀疑起他们之间曾经互通过的一切善意。在她藏身的皱褶里,她以一种深沉谋算的神态对自己说,她绝不会被这名极友善的年轻

人的外表所骗,而想起他那殷切的动作和接近她时的
那种顺意流畅,她不禁心头一紧。若她尚不至于怀疑
他伪善(她可以哀叹,她可以低下地哭泣,因为他将她
制定在真实底下三十吋深处那群华丽又徒然的字语之
间;但她没有想到——尽管她也巧诈地尝试用相同的
字词来谈论她和他——在她所谓的托马的性格之中,
存在着某种双重性),因为只要转过头,在那他必身处
的静默中,她就会猜着他是那么地无可跨越,以致她将
清楚地察觉到说他有所隐藏是何等可笑。他没有欺骗
她,但她却被他欺骗了。背叛围着他们绕转,而且因为
是她背叛他,加上她自己也弄错而无望终结这样一场
迷途——由于不知道他是谁,故出现在她内心的总是
另一人——背叛更愈发可怕。甚至夜晚也加增她的错
误,甚至连那让她无间歇地复始着恒久相同而她带着
屈辱和蛮横的神态陷溺其间之意图的时间也是。这是
一个缺空事件的故事,缺空到一切回忆、一切展望都因
此被灭除,但却又从这缺无中勾划出它那像是以一不

可抗拒之行动将一切迫向一场逼临灾难的不可弯折的进程线。会发生什么？她全无主意，但以一生等待。她的焦急融入了她那对于参与一场将同时毁灭存在间之距离以及存在本身的大灾祸的期盼里。

八

就是在这新状态中,她,感受到自己正变成用来喂养自身之期盼的一个巨大而无法估量之现实,以怪物的方式,这是任何人——甚至包括她自己——都无法想到的;她愈加大胆地绕着托马转,终于将与他关系的困难归结到愈来愈容易参透的动机上,比如说将那所谓异常者,想象成是因为对他的生活完全无从得知,且他无论如何都将维持无名且无故事之故。一旦走上这条路,她就完全丧失及时停止的机会。几乎就是随便说话,只为对词语进行测试。然而她非但不屈就于这些考虑,反而认为在一种恰与她悲惨的处境互呈对比的庄严言语中,将自己提升至一种取决于她话语逼真度的亵渎其实是有益的。她所对他说的,有种直接语言的形式。是一声洋溢着壮美的呼喊,在醒时以梦的姿态回响着。

——是的,她说,我想看您,当您独自一个人时。要是我能够来到您面前,同时又完全远离着您,我或许会有一丝机会联系上您。但或许更有可能我知道我无法与您接触。要缩短那横梗在我们之间的距离,我唯一的可能性就是无限地远离。然而,我已经是无限遥远,无法再远离了。我一碰触您,托马……

才说出口,这些话就已让她心荡神驰:她看见他,他闪耀着。头向后倾,从她的喉间发出一声极轻柔、将回忆遣走的音响;呼喊,现在已不再有任何需要了,她的眼睛闭上,她的心神迷醉;她的气息变得沉缓,她双手又重合了:照理说这应该可以无止境地延续下去。然而,仿佛沉默也是一个请她回转的邀约(因为这沉默并不强迫她),她于是放任自己,又张开眼睛,认出了这房间,而再一次,一切又将重新开始。即使并未获得意想中的解释,这股失望也让她觉得无所谓。她当然不再可能认为他将透露给她那对她而言是某种秘密,但对他而言却丝毫不构成秘密者。相反地,坚信自己所能说的无论如何都将留存下去的她决意让他知道:尽管她并非不清楚那阻隔着他俩的非同凡常的距离,她还是会固执地维系住和他之间的接触直到最后,因为如果说这其中有什么可耻的,那么在她述说她的所作所为极不理智但另一方面她又是在很清楚缘由的状况下行事的这样一种关切中,也有某种非常吸引人的事物。但难道真的能相信——不论这有多么幼稚 ——她是从她自己身上做出这事来的? 说话,是的,她可以开始说话,带着那种和背叛伙伴的同谋者——不是供出其所知者(他什么也不知道),而是坦承其所不知者——相同的罪恶感,因为她没有办法说出任何真实或甚至显得真实之事;但她所说的,在无法让他瞥见丝毫真实,亦无法补偿他以任何谜底的同时,却又有如她早已供出秘事之核心那般沉重，也许还更加沉重的链锁住他。她非但无法潜入那条让她或有希望与他接近的荒僻小径，而且只是一再地在自己的路线中迷途，还引领着一个连在她自己眼里都只不过是个幻影的幻影。尽管视线已变得昏暗，她还是料想到她的计划极其幼稚，并且犯了一个扼杀一切结果的重大错误，虽然她同时也想到——而这正是错误之所在——自她犯下一个因为他或是关于他的错误的那一刻起，她就已在他俩之间创造出他必须正视的关系。而她更是猜着：如果在他身上看到一个已知晓那无疑相异于其他，然本质上与其他一切其实相类似之事件的存在，并将其浸入同样那些曾经从她身上流过的水里，会有多危险。将时间，她个人的时间，和厌惧时间者相混淆，无论如何这都不是个小疏失，而且她知道从丑化影像中不可能得到任何对其童年的嘲弄——如果影像完美则更糟——这些影像是由那些不具历史特征的童年所给予的。不安于是在她内中涌现，仿佛时间已经朽坏，仿佛她那重新成为议题的整个过去已经呈显为一种荒芜且又无可挽回的有罪的将来。即使认定风险本身也是幻影——她所要说的话全都是任意而为——她依旧无法得到安慰。相反地,以一种似乎威胁到她生命本身但却又比她生命更珍贵的焦虑,她知道、她感受到尽管无论如何她都不该说出任何真相,她还是在仅仅保留众多版本中一个的情况下被迫吐出那被她牺牲掉之真实的苗芽。她又以一种威胁着她的纯粹但又为她带来一种全新纯粹的惶惑,感觉到自己即将被限制,即使她试图藏身在那最任意且最无辜的念想背后,或是为她的叙述注入些严肃的什么,一个可怕而无法穿透的追忆,致使那以一种无用之仔细而获致一愈来愈大且愈来愈人工之精确的她自己——已被定罪且被交给恶魔的讲述者——随着这假象从暗影中逐渐浮现而不可原谅地系连至那个她毫不知情的真相上。

　　——您是,她说……而说着这些话的同时,她像是旋绕着他舞转,并且边逃离他,边将他推进一个想象的捕狼陷阱里。您是……

　　她不能说话,而她还是说着。她的舌头颤动的方式让她看起来像是不用字句而表达着字句的意涵。接着,她突然低声发出一连串她任由自己被拖带的语流,其中夹带着音调起伏,仿佛她只是想从音节的爆响和音声之中寻得消遣。这也让人感觉到说着某种称不上语言的童言童语的她,让那一个个无关紧要的字词都带上无法理解的面貌。她什么都没说,但什么都没说对她而言却是一种意义太过鲜明的表达模式,让她得以说得更少。她超越一切范围地远离其絮叨不休,为进入另一个更不沉重却被她认为太过沉重而摒弃的絮叨中,并以一种超越一切严肃、无有终了的抽退,为自己预备着那于绝对幼稚之中的憩息,直到她的词汇,因为无用而显现出其实就是严肃者之声音本身那样一场眠梦的表象。于是,仿佛在这深层的核心中突然感觉被那严苛良知的专注所监视,她惊跳起,出声狂喊,睁开那看得极为通澈的眼睛,并暂停她的叙述:

——不，她说，不是这样的。而是您真的是……

她自己则显出幼稚和轻浮。从那覆盖住她的脸已有一小段时间的泥泞般的神态中，透射出那让她看起来像是个缺空者的表情。是那么轻淡的面貌，让人虽看着她，却无法将注意力固定在她的五官或甚至她整个人身上。要回想起她所说的话并赋予其意义更是困难。甚至连她说的是谁都无法得知。时而她像是对托马说话，但单是对他说话这一件事就足以构成障碍，让人无法辨识其真正的对谈者。时而她又不对任何人说话，但无论她含糊的发音错误何等徒然，被那无止尽的漂泊带到一无道理的现实前的她有时还是会突然顿住，从她那轻浮的深层中带着一张丑恶的面孔浮现。出口永远是同一个。她就是往最远处去寻觅她行进的路线，或是在无尽的离题中迷失——而旅程可能持续她一生——都没有用，她知道她的每一步都在接近那个她不仅必须停止，而且还要将路径灭迹——或是因为她已找到她所不应该找到的，或是她永远都无法找到——的时刻。而她绝不可能放弃她的计划。因为她,语言位于沉默之下数个级度的她,如何能噤声不语呢?不再在那里,不再活着?其他那些不足道的策略,像是她只能以她的死,以关闭所有出口的方式,加速在那只要她还保有时间的视点就有希望走出的迷宫里的奔行。也因此她再也看不见自己正无感觉地接近托马。她一步一步地跟着他,却没有意识到,或者说即使她已经看出来而想离开他和逃避他,她都必须付出愈来愈大的努力。她的倦烦变得如此难以承受,让她只想假装逃避却继续紧黏着他,眼睛汪着泪地哀求他,恳求他终结这一状况,然后又俯向这张嘴,试图说些什么,只求无论如何继续她的叙述,同样那个她原本希望以最后一丝力气来打断并且窒死的叙述。

就是在这自弃的状态中,她任随那持续的感觉牵引着自己。她的手轻柔地皱缩起来,她的脚步离开了她,而她就如此滑入一池纯粹的水里——水中,涉着永恒淌流的她不时感觉到像是从生过渡到死,或更糟,从死过渡到生——滑入一个已被吸附在一个平和梦境里的翻腾梦境。然后,随着一声暴风雨的轰然巨响,她骤然进到一片泯除了所有空间的孤寂之中,而在遭受了时刻的唤求那狂暴的撕裂后,她将自己显露。这就仿若她置身于一片绿茵谷地中,而受邀作为一切事物之人属节奏、非人属律动的她,以她的年龄和青春,变成了他者的年龄、年老。一开始,她坠降至一个完全异于人类时日的日子深底,而在充满严肃地进入纯粹事物的亲密,且升向至高之时间并沉陷于天体星辰之中的同时,她非但无从体认宇宙的深静,反而开始颤抖并难受着。就是在这一夜和这一永恒之中她准备着变成人类的时间。无止境地,她游晃在空荡荡的廊道里,照明的反光来自一道不断避逃、而她无爱地以一业已迷途、无能掌握此些变身之道理及此一静默行路之目的的灵魂紧紧追索的光线。然而当她经过一扇和托马那扇相似的门前,确认了那悲凄的解释持续着,她于是知道她不再是和他以文字或思想讨论,而是以她所贴合的时间本身。现在，每一秒钟、每一声叹息——而这就是她，就只是她——都闷重地攻击着他用来与她对立的那不动容的生命。而在那比他的实存更为奥秘的他的每个推论里，他都感受到那致命的在场——属于对手，属于那一旦欠缺，永远被固定住而无法从未来的深底前来的，就会被判在其荒凉的顶巅上像只预梦的苍鹰般看着生命之光熄灭的时间。他于是以那矛盾的绝对在他论证的最内层推理着，并以一切思想之主题与敌人、他完美的敌手、这时间、安娜，在他思想的底层思想着，而这个奥妙地将她纳入内在的他，正看着自己第一次和严肃的对话缠斗。就是在这状况下，无定形的她透入托马的实存里。那里一切显得凄荒而沉郁。无人的海岸上，愈来愈深的缺无在一场壮丽的海难后遭到已永远退去的海潮遗弃，缓慢地崩解风化了。她行经奇异的冥邦，不见石化外形或经干尸处理的境域，却遇着一个波动、沉默、空无的大公墓；她撞击到由音声之反面那来自虚无的超凡音响，而在她前方，铺展开一连串令人赞叹的坠落,无梦之眠、将死者裹埋在一梦境生命里的消逝、任何人——包括最弱微的魂魄——借以变为魂魄本身的死亡。在这一场她如此天真地进行的探索中,相信自己已寻得关于自身关键句子的她激情地确认自己正寻求着安娜的缺空,安娜最绝对的虚无。她认为了解了——噢,残酷的幻影——如一道孤独水流顺沿托马淌下的冷漠,其实是来自于那已顺利破除所有障碍的致命缺无渗流入那她永远不该进入的地方,以至于现在想要揭显这一光裸缺无、这一纯粹负面,亦即纯粹光线与深层欲望之对等物的她,必须承受重重严苛的考验才能追上他。终其数生,她必须琢磨她的思想,剔除所有让这思想变成一悲惨旧货的一切,像是照着自己的镜子、内部发出太阳光的棱镜:她需要一个自我,而这自我没有她那玻璃之孤独,没有这颗极久之前即患有斜视症的眼睛,这颗尽可能斜视即是其极致之美的眼睛,眼睛的眼睛,思想的思想。甚至可以想见她面向太阳跑着,而且每跑过一处拐弯,就朝那愈加贪婪的深渊丢下一个愈发可怜且愈发稀有的安娜。
这会让人将她和这深渊本身混淆，而在这深渊里警醒
于睡梦之中心且在无光线中以自由意志知晓、不为其
与思想之相遇带来任何可思想者的她，已预备从自身
迈步远行，远至一接触到绝对的裸裎并且巧妙地通过，
她就于其中认出了她自己那纯粹的透明。她带着安娜
这个应可让她于深潜后浮升至水面的独一名字，轻缓
地让那初次、粗野的缺无——沉默音声的缺无、作为死
亡的缺无——所形成的汐潮涌涨；然而在如此温淡又
如此轻易、驻留着其实已受惊的帕斯卡尔（Pascal）的这
样一种虚无之后，她被咬住了，被那钻石的缺无、沉默
的缺无、死亡的缺无所衔咬，而其中容她立足之处仅能
是那无可言说的概念、那不知何物者，如无人曾见却传
得沸沸扬扬的斯芬克斯，那爆破最凄厉声响之以太同
时也爆破这音响本身——于其暴冲中将之超越——的
震动。于是她落入那大循环中，那类似地狱的轮回里，
倏然间纯粹理性闪现，她掠经那关键的时刻：一瞬间，

必须停驻在荒谬中,且既已离开尚可被再现者,亦须无定限地添加缺无于缺无之中和缺无的缺无之中和缺无的缺无的缺无之中,也因此,必须用这吸纳的机器,死命地制造空无。就在这一刻开始了那真正的坠落,自灭的坠落,虚无,不断遭到一更纯粹的虚无吞噬的虚无。但在这一极限点,安娜意识到她的意图之疯狂。所有她原以为已从她身上灭除者,她确信一切又重新完整地回来了。在这至高的吸收时刻,她在她思想的最深处认出了一个思想,那个她就是安娜,是活体、金发,而且,噢,恐怖啊,又聪明的悲惨思想。数个形象捏塑她、孕育她、产生她。她有了一个躯体,一副比她自己的要美丽千倍、要躯体千倍的躯体;她清晰可见,她从那最不变易的材质中发出光芒,她是那无思想中心里的上层岩石、易碎土壤,无氮,那甚至无法做出亚当的岩土;她终于就要报复了,以这最粗野、最丑陋的泥巴躯体,以这她极想呕出,而且也呕出了的低俗想法去碰撞那不可流通者,将她所排泄的部分带到那绝妙的

缺空。就是这时,一声凄厉的响音从那前所未闻之最
中心发出,她开始用一种愤怒的声音狂嚷着安娜、安
娜。在无谓之核心里,她像支完整的火炬,以她完全的
热情将她对托马的恨与她对托马的爱一次烧尽。如一
次胜利的在场般,她潜入虚无的核心,她且跃身其中,
尸体,不被承认的虚无,依然实存且已不复实存的安
娜,及对托马之思想极致的嘲谑。

九

当一直躺在地上的她——这次她已完全无法言语，并拒绝在眼睛和嘴唇上做出表情——重返白昼，沉默所呈现出的她是如此地结合着沉默，让这她所热切拥抱的沉默如同其亲密感令她想作呕的另一种天性。似乎前一个夜里她已经将某种想象中的东西内化了，这东西对她而言是根火刺，并且迫使她将自身的实存像个低劣的废物般驱出界外。不动地靠着墙，身躯融混入纯粹的空无中，腿与腹结合于一无性器亦无器官之虚无，手痉挛地握住手的缺无，脸面饮着那既不是气息亦非嘴巴者，这样的她转化为另一具躯体，而这躯体的生命——至高之匮乏、贫困——已缓缓将她变成那她所无法变成者之全部。她的身体、她睡着的头所在之处,同样也是她为无头之躯、无躯之头、悲惨之躯的所在。她的外貌无疑没有任何改变,但那投射给她并让她显得与任何人无异的目光丝毫不重要,而既然辨识她已不可能,所以是在她五官的完全相似性上,在夜色所沉积出的自然的及诚意的清漆层里,涌出那看见她和向来一样毫无改变而他却极确定她已完全改变的恐怖。被禁的场面。即使面对怪物亦无惧色的任何沉着镇定,也不足以对抗这一张就算花上几个小时审视也看不出任何异状的面容所呈现的印象。我们所看到的一个如此熟悉的自然物,却借由那明显在实际上不该如此观看,而变成一个谜:不只最后令眼睛瞎盲,而且使其对这形象产生一种真正的各式碎屑排出、呕出,逼使目光在注视的同时不得不试图在这物体中抓住另一有别于其中所见者。事实上,若是于一绝对相同之躯中所完全改变者——即强加于所有被迫自认为无感之感官的那种憎恶印象——若是已将旧人吞噬同时又保全其完好的新人那种不可捉摸之特质,若是这深埋于奥秘之缺无中之奥秘等等尚未解释了从这睡梦女子身上所逸流而出的沉默,或许会让人想在这样一片静谧之中寻觅有关覆罩安娜躯体的谎言及幻影所构成之悲剧的线索。确然,她的缄默之中存在着某种极度可疑的东西。她不说话,或是她于静定中,如一即便于梦境之私密亦保持沉默之人般噤声不语,基本上这都是天性使然,而且不会因为这加到睡梦之上的睡梦她就泄漏了自己。但她的沉默甚至没有权利沉默,而由此一绝对状态所呈显出的不只是安娜的完全非现实,还有这个非现实安娜那不容置疑且无可证明的在场,以及从中由这沉默所散发出的某种让人痛苦地意识到的恐怖幽默。仿佛面对着一群好奇而激动的观众般,她让那看见她的可能性成为一个笑话,同时,从那她于一种可能被当成——噢,愚蠢啊——睡眠的想望中所靠躺的壁面,从那间她被禁锢、被一件羊毛大衣裹覆而带着终结黑夜之可笑意图的日光以"生命继续下去"这句口令开始透进的房里,一个荒谬的印象就此形成。她虽是单独一人,周身却围绕着某种沉痛而无法满足的好奇,某种低声闷响的问询,视她如物品般毫无分别地援用至一切事物上,致使她如一有能判死的问题般实存着,不是像那斯芬克斯以难解谜题的方式,而是以她所带来的那于死亡中解决问题的诱惑。

当白日来临,因为她醒了,或许会让人以为她是被日光带离了眠梦。然而,夜之终结并无法解释她为何睁开眼睛,而且她的醒来也只是个漫长的衰竭,那步向憩息的终极行进:借由一来自丝毫不与夜对立,却依然能以夜称之的力量所为之行动、入睡,对她已变得不可能。她看见自己孤单一人,而尽管她也只能在那孤独世界中起身,这份隔绝还是让她感到陌生,而在她所身处的被动中,就算她的孤寂如她无须感受并将她带进那永远远离日光之域的某个东西般在她内中爆开来亦无所谓。甚至连不幸也已经不再被感受为在场。它以一种目盲的形态在她周围游晃。它行进在那她已不可能击打或追上的屈从场域里。透过那泄漏的天机,它直抵这年轻女子的心房,并以放弃之感觉及意识之缺空激促她奔向那最孤绝的无依。从这一刻起,没有任何一种以任何方式厘清她所处状况的欲望显现于她内中,而爱也缩化成表达或感受此爱之不可能性。托马进来了。但托马的在场本身已无重要性。相反的,看到即便是以最普通的方式来欣赏此一在场的欲望已褪萎至此,着实可怕。不仅是所有明晰沟通的动机均遭摧毁,安娜亦觉得此个体之谜秘已穿透她内心,永远只能像是个极糟的提问般被掌握。而他呢,则是相反;在那伴他前来的沉寂漠然中,他以一道刺目的明晰现身了,不带有秘密那最薄弱、最令人安心的线索。她以她那堕落激情的迷茫眼神注视着他,但这也是徒然。他就像是从夜晚散逸出来的一个最不幽暗之人,被那置身一切讯问之上的特权笼罩于透明之中,是个易了容但到底凡常的人物——而现在问题正是由此岔开——

其方式正如她同样发现自己被这场毫无戏剧性可言的
演出带离开他,进而移转至自己身上;她,没有丰足或
满盈,只有那沉郁餍足的滞重感,那除了希望与绝望溺
陷的一日如何展开外,就再无其他情节的确信,那随着
一切目的和时间本身均遭灭除而变成一具唯一的功能
仅在一场无声的探勘中量测其各个零件空洞动作之机
器的无用等待。下花园,而且像是从那夜间事件所猛
力将她掷入的处境中脱身,至少是部分脱身。树木的
景象令她诧异。她的眼睛变得迷蒙。此刻最撼人者,
是她所显现出来的那股极端脆弱。她的机体已不具备
任何抗力,而每次只要一有人或什么东西靠近,从她半
透明的皮肤和极度苍白的眼神看来,她似乎已经疲惫
得颤抖了。事实上,令人不解的是她如何能承受这与
空气的接触以及鸟群的啼鸣。以她在花园中定向的方
式,几乎可以确定她是置身于另一座花园里:不是因为
她像个梦游者般漫步在她眠梦的影像中,而是她成功
地穿越那片充满生命、声响和阳光的田野,前进至一片

枯竭、阴沉、熄灭但其实就是她所行经之现实的第二个
版本的野地。当人们看见她停步急喘并且吃力地吸入
太过新鲜而激撼她的空气时,她正透入一片稀薄的气
层里,而在其中她只需停止呼吸,即可重获气息。就在
她艰难地行走在那让她每走一步都得硬撑起身躯的路
途上时,却也同时以无膝之躯步上一条在各方面均与
前者全然相似但只有她能够行走的道路。这景象令她
放心,她感觉松了一口气,仿佛彻彻底底将那亲密得令
她难忍的幻影躯体翻转过来就能以那她可见的胸、她
弯折的腿、她垂晃的手臂之形式来展现——相对于那
如一颗黯淡恒星照亮着她的太阳——那为她于内中深
处组合出一绝对隐匿之第二人的酸涩恶心感。在这残
破的日光中,她可以告解那没有任何形象能够界定出
范围的憎恶和惊恐,她并且几乎是喜悦地从她的肚
腹——轮番化形为她的脸、她的骨架或她整个身躯的
灵魔——成功驱出那无法表达之情感:其已将整个充
满令人嫌恶且无法忍受之物的世界以它所引发她的恐

怖感吸诱至她内中。孤独,对安娜而言,极为巨大。她所看见、所感受的一切,无一例外均是将她与她所见、所感者隔绝开来的撕裂。哀丧的云,若说遮蔽了花园,在那将之包围的大片乌云中却依旧隐没不见。矗立于几步远之外的树,是那她与之两相比较下便为缺无且有别于一切之树。在所有那些如此多的疏空林地包围着她,且她可如她自己的灵魂般亲密偎近的灵魂之中,有着这么一道唯一能辨识这些灵魂的光芒,那就是沉默、封闭而伤怀的意识,并且是孤独创造出她周围那片人之关系的甜蜜场域,而她在其中,于那无数个充满和谐与温柔的关系间,看见她那至死的哀愁前来与她相遇。

✝

当她被发现横陈在一张公园长椅上时，人们还当她是昏迷了。但她不是昏迷，而是睡着了，经由一种比睡眠更为深沉的休憩进入了睡眠里。然而，她步向无意识的进程却是十足庄严的一场战斗：非重伤否则不向入眠之轻颤屈服的她，尽管已死，依旧护卫着她那保有意识以及属于她之清明思想的权利直到最后一刻。在她和夜晚之间，没有任何的同谋关系。日光才稍显低垂，她，倾听着神秘颂歌一声声将她唤引至另一实存，已经准备好投入那场唯有生命的全然毁灭才能将她打败的争战。颧骨泛红，眼睛发亮，沉静且面露微笑的她火烧似的凝聚住所有力气。即使暮色让她聆听它那有罪之歌也没用,趁着黑夜密谋反对她亦是徒劳。无丝毫甜柔经由麻木的管道透进她灵魂,全无因疾病之正确用法而获致的神圣的拟像。迫临死亡,她也让人感觉到她不会交出另一个不同的安娜,而且骄傲地自我保全、维持原我到底的她也不会接受以任何假想的死亡在真正的死亡面前逃离。夜晚继续着,而从来没有夜晚是那么温柔,那么适于抚慰病者。沉默流泄着,而充满了友谊的孤独和盈满希望的夜晚轻压着安娜敞开的躯体。没有谵狂,她监看着。暗影中没有麻药,没有那种让黑暗能吸附抗拒睡眠者之可疑抚触。夜晚高贵地与安娜作用,而且正是以女孩的武器本身——纯洁、信任、和平——它才接受和她对战。感觉自身周围在这么一个极度脆弱的时刻环绕着一个如此不具心计或不义的世界,真是甜蜜,无限的甜蜜。夜如此美丽,并非甜柔,而是古典之夜,驱走幽灵同时也抹除世界那虚假之美,恐惧亦不使之暗浊的古典之夜。

安娜仍喜爱的一切，沉默与孤独，名为夜晚。安娜所厌恶的一切，沉默与孤独，亦称为夜晚。不再有矛盾词汇的绝对夜晚，在其中受苦者享福、黑与白找到共同的基质的绝对夜晚。然而却也是没有混淆、没有怪兽的夜晚，让面对的她不闭上眼也能重温眼皮在闭合时所带给她的私人夜晚。在完全的意识、完全的清明中，她感觉她的夜晚加入了夜晚里。她发现自己身处在这一外部于自己最亲密处的巨大夜晚里，且若要达到平静，亦不需行经一受磨难之酸腐灵魂前。她病了，而这并非属于她、却是世界之健康的疾病真是极好！那包裹着她、不属于她且与一切事物之最高意识相混淆的睡眠，又是何等纯粹！安娜睡着了。

接下来的几天里，她进到一片美妙的和平田野之中，让所有人都觉得她像是浸浴在那疗愈的迷醉里。面对这极为壮观的一幕，她也于自身内中感受到了那股宇宙的喜悦，但却是已然冰冷的喜悦。于是她等着那不会是白天亦非黑夜者之起始。某种作为序曲的东

西,不是治愈的序曲,而是力量的一种惊人状态的序
曲,钻近到她身旁。没人明白她就将经过那完全健康
之状态,经过生命中那巧妙平衡的一点;从一个世界荡
到另一世界的钟摆。她孤独一人,透过上方重重被急
速驱开的云层,看见了一旦重回地面她将重新握有凡
常之实存,并且什么也看不见,什么也感受不到,却终
将活着,活着,甚至可能死亡——多美妙的插曲——的
那一刻以一颗星星的速度向她接近。远远地,她就看
见了这个她并不认识的健全安娜,而透过她,她眼看就
要从一颗愉悦的心室里消逸无踪。啊! 太过耀眼的一
刻。从黑暗的中心,一个声音对她说:去。

　　她真正的病症开始了。她只见极少的几个朋友,
而还来的那些人也不再向她探问近况。每个人都明白
再好的照料也战胜不了恶疾。然而安娜却在其中认出
了另一个误解,她因此微笑了。无论她的命运为何,她
内中具备了比以往任何时候更多的生命和力量。数小
时不动且在睡梦中同力量、快速、柔软共眠的她就像是

一个长时间卧躺着的运动员,而她的歇息也如同每一个在赛跑或搏斗中优胜的男人的歇息。终于她为她的躯体设想出一种奇怪的骄傲感觉;她令人赞叹地享受了她的自身;一个严肃的梦境让她感觉她还活着,全然活着,而且若能去除那些便易的希望和自满,她还可更进一步拥有活着的感觉。神秘之时刻,其间被剥夺一切勇气且无能行动的她似乎什么也不做,却又在完成一无尽工程的同时不断地下探并丢出活者的思想、死者的思想,以便从自身中挖出一处极端沉默的避难所。接着冥星便出现了,她得赶快:她丧失她最后的享乐,脱离那最终的苦痛。不确定性在于不知道她将通往何处。她已经无法呼吸了。我的上帝,她很好;不,她存在;就存在这个观点,她好极了,已升至最高处的她有那最伟大的心灵发现其最美思想的喜悦。她存在;不,她极好,她脚踩了空,狂烈的激情雷劈似的打在她身上,她窒息,她呼喊,她听见自己,她看见。何等幸福!有人拿水给她喝,她哭泣,人就安慰她。依然还是夜晚。然而,她却必须认清:她周围,很多事都变了,一种沉郁的氛围环绕着她,仿佛阴暗的幽魂正试图将她拉引向那非人的情感。在无情的社交规范下,人们慢慢将她与世间的友谊和温情隔离开。她要求她所珍爱的花朵,人们给她的却是没有香味的人造玫瑰,而且这些唯一比她更为必死的存在,亦不为她保留那于她眼前衰败、凋萎、死亡的乐趣。她的房间已变得无法居住:这间第一次朝向北面的房室现只剩一扇仅容日暮微光透进的窗户,而且每天都有一个迷人的物品被拿走,显然,这样偷偷地搬空家具为的是让她尽早想要离开这房间。世界也毁坏了。人们放逐甜蜜的季节,请求孩子们到别处喊出他们的喜悦,并在街头呼求城市的所有愤怒,而正是这由凄厉的音声所构筑的一道无法跨越的高墙隔开了她和人群。几次她张开眼睛,诧异地看着:不只是事物变了,连那最依附她的存在也变了,如何能怀疑? 对她来说,有着一种关于温柔的悲剧性缩减。然而,就在这个她比一生中任何时刻都更需要青春及美丽事物之时，她母亲——几个小时不发一语地深陷于椅座，面容土灰，被仔细地剥除一切可能让她显出亲切者——却只让她看见一种将她丑化的情感。从前，母亲所让她喜爱的，那欢乐、那笑、那眼泪，所有重现于一个大人身上的童真表情，已经完全从这张只显出倦意的脸上消失，而且唯有远离这里她才能够想象她重新可以哭、可以笑——笑，何等的奇迹！这里已不再有人笑了——全世界所有人的母亲，除她女儿外。安娜提高声音，问她有没有去游泳。"住嘴，"她母亲对她说。"不要说话，你会累的。"显然，没有什么告解需要对一个垂死者倾诉，而在她和那些开心玩乐、活着的人之间，也没有任何可能的关系了。她叹息。而她母亲却是像她，甚至每一个午后都还更添一分神似。一反常规，是母亲以女儿的脸为范型，使它苍老，展现给她看将来她六十岁的模样。这个肥胖的、不只头发，连眼睛都已泛灰的安娜，若疯狂到逃过一死，那就肯定是安娜了。天真的喜剧：安娜没有上当。尽管生命无所

不用其极只为求受人憎厌，她还是继续喜爱生命。对
于死，她已做好准备，但她是在爱着花——即使是人造
花——感受着自己在死亡中恐怖得像个孤儿，激情地
怀念着那个永远不会是她且又丑陋、无能的安娜的同
时死去。所有那些让她看不到离开人世实为莫大损失
的狡诈提议、那道德家和医生们的共谋、那来自太阳以
及人们的传统欺蒙，如最后一场表演般给出那最后一
日，给出那让人愿意欣然死去的暗室中最丑陋的形影
及图像，所有这些计谋都失败了。安娜打算活生生地
过渡到死，同时闪避那厌恶以及拒绝活着的过渡状态。
然而，被严酷所包围且被她朋友——面对这执意将她
缩化为感觉，而且是那种在她死前会降低她并使后悔
成为多余的感觉的一场悲惨密谋，他们以天真的神态
考验她，说，"我们明天不能来了，对不起"，并在她以真
正朋友的口吻回答"没关系，不要麻烦"后想道："她变
得多漠然啊，她已不再对任何事感兴趣"——所守候的
时刻，那个让她看见她就是被她的羞耻、谨慎等保留自

她惯常生存方式者所背叛的时刻终于到来。很快地，
人们就会说："这已经不是她了，死了会比较好。"然后
说："对她而言，死是何等的解脱啊!"轻柔、无法抗拒的
触压，如何抵御? 她还剩什么让人认清她并没有改变?
在每一个她应该奔入朋友怀里，应该对她医生说，"救
救我，我不想死"——在这情况下，或许人们仍会视她
为世界的一分子——的时刻，她只是颔首招呼那些走
进来的人，并且将她最珍贵的东西给了这些人，像是一
个眼神、一个思想等等前不久还是真情实意的友善表
示，而它现在却变成一种不理世事的内敛冷漠，纯粹运
动。如此的场景震慑住她，接着她明白：面对一个临终
者，要求的不会像是自制、体贴等适用于健康状况良好
之文明情感，而是粗野和癫狂。既然这就是律法，既然
这是证明她对于周围一切从未如此依恋的唯一方式，
她于是想大声叫骂，准备强化每一个关系，让身边亲近
的人更加亲近。不幸为时已晚：她已经不再具有她情
感的躯体和脸孔，而且对她来说，要以快乐来快乐已不

可能。现在,不论来的人是谁——这完全不重要,时间紧迫——她都以她闭着的眼睛和紧抿的嘴唇表达出那从不曾被感受过的最强烈的激情。然而这样的情感不足以让她对所有的人说出她有多爱他们,她亦求助于她灵魂最冷酷且最淡漠的波动。的确,她由里到外都变得僵硬了。在此之前,她都还保有痛楚。她受着苦痛,为睁开眼睛,为接受那最甜蜜的话语:对她而言,这是唯一一种被感动的方法,而且从来就没有比这以残酷的撕裂换取唯一看视之乐趣的眼神更强的感受性。但现在,她几乎已不再感到痛苦;她的躯体达到了实为一切躯体典范的自我主义完美典型:它在变为最柔弱的时刻却最显坚硬,一具受击打也不呼喊,且无所求于世界,以美为代价自比为一尊雕像的躯体。这股刚硬沉重地迫压着安娜;她像个巨大的空无般感受自身内中所有感觉的缺无、焦虑且紧揪住她。于是,仅剩一沉默且阴郁之灵魂和一颗空洞已死之心的她,以此一初生激情之形式,将她那友谊之缺无如那最真切且最纯

粹之友谊般给出；而在这个无人可达的幽暗地域里，她
同意以这对她存在的最高怀疑、以自己已什么都再也
不是的绝望意识、以她的恐慌来回应亲友们平凡的情
感；她做出牺牲，充满怪异性的牺牲，牺牲那对于自身
实存的确信，以求赋予她自己所变成的这一爱之虚无
一个意义。而如此，在那已经合封、已经死亡的她的内
中深处，最深刻的激情形成了。对那些哀泣她——冷
漠且无意识的她——的人对她的付出，她以百倍回偿，
为他们献上关于她死亡的预感，她的死，那从未如此纯
粹的感觉，关于她非实存之扭曲预感里的她的实存。
她从自己身上所提取的不是那脆弱的感情波动，不是
哀愁、悔恨等等属于围绕着她的众人的命运，那没有可
能改变他们的琐碎意外，而是那唯一能够威胁到她存
在本身、那不被允许异化，却在所有的光线熄灭后还继
续燃烧的唯一激情。第一次，她让字词提升到真正的
意义层次：她给出安娜，她比安娜的生命给的要多得
多，她给出——终极的给予——安娜之死；她脱离自己

身为安娜、身为受到死亡威胁的安娜这样一种极度强烈、极度骇人的感觉,并将这感觉转换成那自己不再是安娜,而是她母亲,她那受到死亡威胁的母亲,以及整个逼近毁灭临界点的世界这样一种更加令人惊恐的感觉。在这具如大理石雕像之完美典型、自我主义之怪兽,而且正是以其无意识所得出之异化意识之象征作为友谊之最终保证的躯体里,从不曾拥有过如此多量的温柔,而在这样一个被贬低至比死更不如且被剥夺其最亲密之宝藏——自己的死——被迫非个人地死去,而是透过所有其他人死去的可怜存在里,也从没有过那么多量、那么完全的存在。如此,她成功了:她的躯体确实是最强、最幸福的;这个实存,尽管如此贫乏,如此受限,甚至连自己的反面——非实存——都再也无法承受,却正是她所找寻的。正是这让她得以与其他所有人平等到底,以最佳状况准备消失,以极度的精力准备那最终的战斗。接下来的时刻中,一座怪异的城邦环绕着安娜矗立起。它不像一座城市。里面没有房舍,没有宫殿,没有任何形式的建筑;它其实更像一片汪洋大海,尽管看不见海水,而海岸也消失隐没。当日光低斜,展望一怪异水平线的啜泣缓缓扬升之际,在这座远离一切事物建立、如迷失于幽影之中最后一个凄凉梦境的城里,安娜,如某种无法再现之物,不再存在为人,而只是存在,绝妙地存在,在那朝生暮死的蜉蝣及西沉的暮日之中,同那垂死的原子、被诅咒的物种及受伤的恶疾;她回溯幽暗的芽苗挣扎着的水道。她所到达之处,可叹啊!她竟无从得知,而就在此一巨大夜晚的绵长回音混融成一波沉郁且模糊的无意识之际,以一像是某种非活物之悲剧灭毁的唧哼声呻吟且寻觅着的空洞实体苏醒过来了,然后有如不断以其形态之缺无换取其他形态之缺无并以关于沉默之可怕追忆驯服了沉默的这样一种怪兽,这些实体脱出至一神秘的临终里。凡为此郁丧之实体、存在、形态者,是无法述说的,因为,对我们来说,日光之中可能会出现某种非日光之物,某种于旋光性及透性的氛围中代表日光所出之所的惊恐颤栗那样的东西吗？但它们却狡诈地在那跨过即不可挽回的门槛上让人认出，取得承认，一如那被召唤来与安娜共同消失的艰涩律法。这样的揭露会带来什么结果？或许可说一切均遭摧毁，但亦重新起始。时间自其湖泊中脱升，将她滚卷进一个巨大的过去中，而尽管她未能完全离开那依然让她呼吸的空间，这时间还是将她拉引至那仿佛世界回到其创始时刻的不可测之谷地里。安娜的生命——而这词语本身回响在这个没有任何生命像个挑战的地方里——参与了自一切永恒性所投射至麻木无感之观念中心的第一道光芒。她沉浸在激发生气的力量里，仿佛她在她那注定死亡的胸臆中突然发现了"激发生气"一词那徒然地被寻找着的意义。任性，迭搭起她无穷的计策以驱离空无的任性，抓住了她，而如果她并没有因此而丧失她全部的实存，她的不适、她的改变却是比实际上她在人类的宁静状态中放弃了生命要来得更为剧烈，因为这里没有她逃得过的荒

谬,而且她在一段由永恒和关于虚无之观念融合而成
之物所模拟的时间中,变成了所有那些让造物于其中
徒劳地进行尝试的怪物。突然间——且再无任何更
为突然者——机运的颓败宣告结束,而那无论如何均
不能被期待者从一只神秘的手里接过其成功。她以
自身之形态重现的时刻,难以置信且又遭受诅咒的时
刻,因为这个于一道闪光中瞥见的唯一计策已消散在
一道闪光里,而那不可动摇、任何险难均无能淹灭的
律法也遭受摧毁,对一无止境之任性做出让步。事态
如此严重,以致在她周遭无人发觉,且尽管气氛已怪
异地有所转变而显得沉重,并没有人察觉出任何不对
劲。医生俯下身,并且认为她已依照死亡之律法死
去,却没有看到她已到达律法于她内中死去的那一时
刻。她动了一下,却是无法察觉的动作。没有人明白
她正在那死亡于摧毁一切的同时也能摧毁灭亡之可
能性的时刻里奋力挣扎着。孤单一人的她看着奇迹
的时刻迫临,无任何援助。噢,被痛苦撕裂的人啊,你

们的愚蠢。在这个连垂死都远远不如、已经死了的女人身旁,没有人会想要反复做出那荒谬的手势,企图在摆脱所有规范的同时为自己引入那原始创造所需的条件。没有人寻找那虚假的存在者、伪善者、暧昧者;所有嘲笑理性之观念者。无人于静默中说:"快啊,趁她还没冷掉前,快将她推入未知之中。让阴暗将她覆盖,让律法不光明地自弃于不可能之中。而我们也是,我们让开吧,失落一切希望吧:希望本身即应被遗忘。"

安娜现在张开了眼睛。确实已不再有任何希望了。这个至高恍神的时刻,这个令几乎已征服死亡者在最后一次看向可见者——尤莉狄丝(Eurydice)①之至高回归——时亦不免落入的陷阱,安娜同样也陷了进去。带着一股完全预知眼前将有何事呈现的深沉倦

_____

① 希腊神话中的人物,不慎被毒蛇咬死;其夫奥菲斯至地府求情救人,却未遵守冥王的约定,回望了尤莉狄丝。

意,她无丝毫好奇地张开了眼睛。的确,这就是她的房间,确实就是她母亲、她朋友露易丝,就是托马。我的上帝,确实是如此。她所爱的每一个人都在这里了。她的死必须显现出那种庄严告别的气氛,务必让每个人都接收到她手的按压、她的微笑。而确实,她也握了他们的手,对他们微笑,爱他们。她轻缓地呼吸。她的脸朝向他们,仿佛想要看着他们直到最后一刻。凡是该做的,她都做了。和每一个临终者一样,她离去,遵照着仪礼,原谅了她的敌人,爱着她的友人,却也没有承认这一切其实已无足轻重这样一个无人说出的秘密。她已经了无重要性了。她以一种持续变得微渺的目光看着他们,一种单纯但对他们人类来说却是空洞的目光。对他们的手,她的执握也愈来愈轻柔无力,是一种不留痕迹、对他们来说没有感觉的触握。她不说话。必须让这最终的时刻不具回忆。必须让她的脸、她的肩化为隐形,如同某个消散的东西那样(就像"与"某个消散的东西所该发生的"相配的那样"?)。她的母亲呻吟着说:"安娜,你认得我吗? 回答我,握住我的手。"安娜听着这个声音:有什么用,她母亲只不过是个微不足道的存在。她也听见了托马;现在她知道该对托马说什么了,她完全知悉那些她终其一生为追上他而寻找的字语。但她不说话,她想道:有什么用——这也是她所寻找的字——托马无关要紧。我们睡吧。

十一

安娜死后,托马没有离开房间,他显出了深切的悲痛。这股哀痛令在场的每一个人感到极不自在,让人预感到此时他对自己所说的话就要带起一场风暴了,一想到这里,他们不禁感到一阵难受。他们悲伤地退了出去,单他一人留下。他对自己所说的话,或许会让人觉得无论如何都不会被看穿,但他刻意用那种仿佛他的想法有机会被人听见的方式说话,并把那似乎已将他链结上的奇异真理放在一边。

"我已料到安娜预谋着自己的死。"他说,"她是这个平静而又高贵的夜晚。没有那种对死者掩藏其真实

111

状态的矫饰,没有那种让他们等着从医生的手里死去的最终怯懦,她瞬时就给了自己完全的死。我靠向这具完美的尸体。眼睛已经闭上。嘴巴没有微笑。脸上全无生命之光泽。无慰藉之躯体,她听不见那质问着'这可能吗?'的声音,而对她,没有人会想到套用那对无勇气之死者所说的话,如基督为羞辱那配不上圣墓的女孩所说的:她睡了。她不是睡了。她也不是变了。她定格在那张她只像她自己而且仅具有安娜之表情的脸,混淆观看。我执起她的手。我将嘴唇贴上她额头。我待之如一活人,而且因为她是唯一还具有一张脸和一只手的死者,我的动作并不显得疯狂。因此她具有生命的表象? 可惜啊! 唯一让她无法与一真人区分者,就是那验证其消亡者。她完全就在自身里:在死亡里,满溢着生命。她像是更为沉重,更能主宰她自己。安娜的尸体再不缺乏任何一个安娜了。要将她带回无物,每一个安娜都是不可或缺的。忌妒的、沉思的、狂暴的,每个都只使用一次,为确实使她完全死亡。终结

之时,她像是需要更多的存在,却不是为了存在,而是
为了被消灭,而且正是由于死于此一令其得以完整将
自己呈现的增加,她赋予了死亡那形构出她自身虚无
之证据的全部现实以及全部实存。不是不可触知,亦
非消溶于幽影中,她反而益发强烈地将自己加诸感官
之上。随着她的死亡愈变愈真实,她也变大、变胖,且
在她的睡榻上挖出一个深深的墓穴。如此隐没的她,
吸引着所有的目光。我们这些待在她周围的人,也感
受到这个大尺寸个体的迫压。我们感到窒息,缺乏空
气。举凡唯有抬棺者才知道的一切,如死者的重量倍
增,以及他们是所有存在中之最大、最强者等等,每一
个人都惊恐地发现了。每个人都抬着这名确然之亡者
属于自己的那一部分。她母亲看见她如此像一个活
人,于是天真地抬起她的头,但她却承受不了这过重的
负荷——她女儿灭绝的证明。接着,我单独留在她身
边。她肯定是为了这个别人或许会以为她战胜了我的
时刻而死。因为,死亡就是她用来为虚无赋予实体的

巧计。就在一切悉遭毁灭之际,她已创造出那最困难者,不是从无物中提取某物这种缺乏意义的行为,而是赋予无物——以其无物之形态——那某物之形态。不见之行为,现已具备其全面之瞳眼。沉默,真正的沉默,非由噤闭之话语、可能之思想所构成的沉默,也有了声音。她的脸,每个时刻愈发美丽的她的脸,昭示着她的缺无。她已不具任何一个继续支撑某一现实的部分了。就是在这时——她的故事以及她死亡的故事已经一同消逝,且再无任何人为呼叫安娜之名而存在于世——她达到了那令已不再存在者进入一无思想之梦境里的虚无所具有的不朽性之时刻。这确实是夜了。我被星体环绕。事物之整体包围着我,我为临终预做准备,以那无法死去的激昂意识。而在这一刻,至此只有她得见者突然清楚地显现在所有人面前:对他们,我揭露那在我自身内中关于他们的状况以及一无止境实存之耻辱的怪异性。确然,我可以死,但死亡却背信地如死亡之死般对我闪耀,以至于我,那个变身为取代垂死者位置之永恒之人——那个无罪、无理由就死,同时亦是每名死去者之人——的我死去,一种对于死亡极度陌生的死亡;以至于我历经我至高之时刻于一再无可能死亡却又令我在那不能再活出我生命中每个时刻之际活出这些时刻的时间里。被逐出充满希望的最后一分钟,且如此地被剥夺由回忆为那绝望者、为那遗忘了幸福而坠身自生命之高处以追忆欢乐者所带来的最后安慰,谁更甚于我? 然而,我真的是一名死者,我甚至是唯一一个可能的死者,我是唯一一个不会予人死于偶然之印象的人。我所有的力量,如我在服下毒芹时那种成为苏格拉底——不是垂死的苏格拉底,而是加之以柏拉图的苏格拉底——的感觉,那种无法消失、唯有遭受致命之疾侵袭者才有的确信,那种在断头台前为死刑犯带来真正恩赐的泰然安详,都将我生命中的每个时刻变成我将离开生命的那一刻。我整个存在像是已与死亡融混。就在人们相信自己活着,并将气息的连续与血液的循环当成一种无法避免之活动般接受之时,我也同样自然地停止活着。我从实存本身,而非从实存的缺无中得取我的死亡。我呈显出一个不围于一缩化存在之外形的死者,这个充满激情却又无感的死者在思想的空缺中要求其思想,但又仔细地排除生命中那可能具有空无、否定者,以求其死亡不致成为一个甚至比寻常之死更为薄弱的形象、隐喻,同时将死亡之谬反与不可能性彰显至极致。究竟是什么区分出我和活人? 正是这个,非夜、非意识之丧失、非漠然所将我唤至生命之外的这个。而又是什么区分出死人与我呢,若不是一个让我在一般已足够的表象外还得时时刻刻寻找关于我的死亡的终极解释及意义的个人行为? 我们什么也不愿相信,但我的死和死亡是同一件事。相对于那些只知道死去,那些活到底而轻微的意外便使其触及生命终点的人,我只有那作为人体量测数据的死亡。甚至就是这个让我的命运变得无法解释。在托马的名下,在这个可由人叫出名字并对我加以描述的刻意状态中,我具备一名普通活人的面貌,但由于我只在死亡之名下才为真实,我让那死灵——血液融入我的血液——从幽影中微微透显,而我每一日的镜子反照出那混合了死亡与生命的影像。如此,我的命运惊撼了众人。这一个托马强迫我虽为活人却以一名平凡死者——甚至不是那无人投以目光,且我本身即是的永恒死者——之姿现身,无生命之驱,无感之感性,无思想之思想。在那反差的最高点上,我成了这个不具正当性的死者。我,于情感中以一替身——对其而言,每一种情感均代表与对一死者等量之荒谬性——代表的我在激情的顶点上达到怪异性的顶点,而且似乎因为真正完成了人间之条件而被强行掳离这条件。相对于畜兽之类不于自身中背负其死之替身的存在,我,在每个人类行为中身为同时使之为可能亦为不可能,且若我行走、若我思想时仅其完全之缺无能容许步履及思想的这样一个死者的我,已丧失了我最终存在的理由。我们之间存在着一段悲剧性的间距。我,无任何动物性之人,再也不能以我那不再歌唱,甚至不再如会说话的鸟儿般说话的声音表达了。我思想,于一切形象及一切思想之外,在一个主要在于不可思想之行为中。任何时刻,我都是这个纯人之人,一个构成独一范例,且人人于死时均与之交换,令其一人代替所有人死的极致个人。与我一起,人类每次皆完全死亡。若听任人这种混成的存在随意死亡,他们早就遭各式物种分割,并以一种重构以虫、树、土之混合物的面貌悲惨地活着,于是,我不留痕迹地消失,完美达成独一死亡之任务。因此我是人性的唯一尸骨。和那些说人性不死者相反,我于每一种境况中证明唯有人性会死。我现身于这每一个可怜的、如此丑陋的垂死者中,在他们放弃了对其他物种的所有依附而变成——不只放弃了世界,还放弃了豺狼,放弃了绿藤啊——仅仅变成了人这样一个极其美丽的时刻。这些场景依旧如绝妙的节庆般于我内中闪耀。我靠近他们,他们愈发惶恐。这些变身为人的堪怜者,在自觉为人时感受到与柴堆上变成羊的以撒(Issac)同样的惊恐。他们之中没有人认出我的在场,但在他们自身之最深密处却有着一个如哀丧之理想般的空无;他们从这空无中承受了诱惑,并感觉它就像是具备了如此完全且如此重要之现实性的一个人,让他们非得偏爱他胜过其他任何人,甚至不惜以自身之实存为代价。于是临终之门开启,他们争相涌入他们的错误里。他们自我缩减,竭力缩化为无物以求符合那被他们当成生命之范型的虚无之范型。他们只爱生命,却又与生命搏斗。他们死灭于一股活下去的鲜明强烈的喜好,以致生命对他们而言有如这场死亡:他们已预感到这死亡逐渐逼近,却在扑身迎向它时以为逃离了它,直至最终那唯一的时刻,当那对他们说出"太迟了"的声音响起,而我也已占取他们位置的时刻,他们才认出这死亡。那么,究竟发生了什么? 当暂时离开的看护返回时,她看见一个不像任何人而且没有脸的异人,人之反面。而最关爱的友人、最善美的儿子,面对这个异形,发现自己的感官起了变化,并对自己所最珍爱者投以

冷漠、难辨,且充满恐怖的目光,仿佛死亡并没有追上他们的朋友,而是达及他们的情感,而现在是他们这些活人发生如此深刻的变化,让人或可(不禁要"足以"?)称此为死亡。甚至在他们之间,关系也变质了。若彼此碰撞到,也是颤抖着以为体验到一种陌生的接触。每个人,对于他者于一完全之孤独、完全之私密中,每个人对他者来说都变成那唯一的死者与唯一的幸存者。而当哭与被哭者终于合而为一,绝望便爆裂开来。这是守丧中最怪异的时刻,当亲友们于停尸房里将他们所被缩减者纳入自身之中,感觉自己亦由相同实体构成,和这死者同样值得尊敬,且甚至自视为正牌之死者,唯一配得上于共同之哀伤中获得承认者。于是,这一切让他们觉得简单。他们在如轻抚一丑恶之现实般拂掠过亡者之后,便将死者惯常的本性交还死者。他们说:"我从不曾像现在这般了解我可怜的丈夫,我可怜的父亲。"他们想象着自己了解他,不管在他生前还是死后。他们对他的认识,就像一棵树木顺着仍淌流

着的汁液对它一根被斫下的枝桠的认识。然后,长久下来,活人完全消化了死者。以思想自我来思想死者成了安息的程序。我们看见他们凯旋地重返实存。墓园空了。墓地之缺空又变回不可见。怪异之矛盾消逝无踪。人人继续活在一个和睦的世界中,至终不朽。

"确定死,确定不死,对众人而言,死亡之现实就仅剩如此。但那些曾经凝视过我的人已经感觉到死亡也可以和实存结合,并形构此一决定性之言语:死亡实存着。而关于实存,他们已习惯说及那之于我之死亡使其能够述说的一切,不是低吟着:'我在,我不在',而是将词语混配了一相同且精妙的组合里,像是:'我不在,而在'和'我在,而不在',却无丝毫拿相反词进行比较、使其如石头般相互对立的意图。就是这些声音在她上方声声呼唤时,每每以一同等之激情肯定:他永在,他非恒在,因此,我的实存,在他们眼中,带上了命定的性格。犹如我便利地行走于深渊之上,并且整个人——非半鬼半人——完全透进我那完美的虚无之中。某种全然之腹语行使者，每一处我叫喊之所在，即是我不在且甚至是我于各部分等同于沉默之处。我的话语，像是由太高的颤音所形成，先是吞噬了沉默，接着又吞噬话语。我说着话，而同时我也立刻被置放到故事的中心。我纵身跃入那片将我烧尽却也同时让我变为可见的纯粹灾火里。对于我自己的目光，我变为透明。看看人们啊：纯然的空无逼促着，使他们的眼睛自视为目盲，而一个介于域外之夜和域内之夜的恒定不在场证明让他们得以终其一生都拥有日光之幻影。对我来说，就像是这个幻影突然间以一种无法解释的方式从我自身中脱逸。我发现自己有两张彼此贴合的脸。我不断触及两岸。从一只显示出我就在这里的手，再从另一只，我在说什么？没有另一只手，而是以这具叠到我真实躯体之上、完全取决于一对肉体之否定的躯体，我赋予自身最为确然之争议。我其中一只眼睛具备极度敏锐之视觉，而拥有如此双眼的我，却是以那仅以其拒绝看视而为眼睛者才看见那可见的一切。我所有的器官亦是如此。我有一部分已遭到淹没，然而就是此一失落于恒常海难中的部分指引我方向，造就我的形格及必然。我在这朝向非实存者的运动中找到我的证据，而这个我实存的证据在这运动中并没有愈显薄弱，而是强化为显然之事实。我死命一搏，只求留在自身这边，尽可能地靠近芽苗之地。然而，我，既成之人，青少年，原生质，非但没有到达可能之状态，反而逐步迈向某个已完成的什么，并在这底层深处瞥见一张怪异的面容显现自那个实际上就是我却又与这一已死之人或即将出生之人无任何共同点的人：一个我全心渴慕与之合一的佳美伴侣，但却又与我分离，没有任何一条路将我带向他。如何能触及他？自杀，荒谬的策略。在这具与活人相同却无生命的尸体，和这与死人相同却无死亡、根本无从命名者之间，我看不到任何亲缘关系。没有任何毒药将我结合至那无法承受名称者，或由其相反之相反所指称，或是设想为与什么东西的系连。死亡是发生在被我缚绑至托马之名下那不可辨的

无效接近一次粗率的变形。所以,这个谜纯粹是个空
想,是一个为毁灭一切文字而恶意成形之文字所完成
之作品? 但若是我于我自身之中前进,在急急犁向我
的精准正午的同时,我也在托马之中心感受到——有
如一种悲剧性之确定——此一虚无托马那无法接近的
邻近,而且随着我思想之阴影愈变愈小,我愈是在这无
瑕之光芒中自设为此一黑暗托马那可能且充满欲望之
寄主。在我现实性之盈满中,我以为达到了非现实。
噢,我的意识,问题不在于将那无法被归化为死亡而可
能被当成更恶者——你自己的死——以遐想、以散逝、
以缺遗之形式归罪于你。我说什么啊? 我感觉此一虚
无连结到你极端的实存,像是个不容违背的条件。我
感觉到它与你之间纠结着不容否认之理由。任何逻辑
交合均无法表达出这种既非所以亦非因为,却让同时
作为原因以及结果的你们无法和解亦无法离分的结
合。这就是你的反面吗? 不,我说过了。但若我稍微
变置字词的连结,以寻求你反面的反面,那么即使我已

迷失我的正道而且不往回走，我似乎还是可以巧妙地从意识的你——既是实存，也是生命——进步到非意识的你——既是现实，也是死亡；也还可以在投入一可怕未知之时达到我那可以既是虚无同时又是实存这样一个谜的形象。而且关于这两个字，我也可以不断地以两者或其一之义摧毁另一之义，并同时以这些反义词之间的对反之处摧毁它们之间的对反，如此，无止境地糅合这些词以求消融那不可能相互触及者的我终于能够再次浮现在最接近于自我自身，忽然找到小偷而抓着自己手臂的阿巴贡（Harpagon）①。就是这时，于一深邃之岩洞中央，寡言思想家之疯狂对我显现，无法理解的字词在我耳边回响，当我在墙上写下：'我思，故我不在'这温柔的语句时。这些字词为我带来一个甜美的视象。在一片广阔的田野中央，一片汇集太阳散射光芒的透镜熊熊燃烧着，而借由这火光，它像是意识到

---

① 莫里哀《悭吝人》中的主角。

一个恶兽般的自我一样意识到它自己,不是在它承受光芒的那些点上,而是在它将之汇结成独一之光束并且射出的那一点上。在这火炉一片骇人烈焰之中心,它是如此奇迹似的主动,它照亮,它燃烧,它吞噬;整个宇宙在被它触及之处都烧起火来;除非将之摧毁,否则它决不离开。而我察觉到这面镜子就像是只被自己的烈火烧尽的活生生动物。其放火焚烧的土地就是它那已完全化为粉尘的身躯,而从这持续冒出的火焰中,它得出自己不断地被消灭这样一个结论,且将之汇入一道硫与金之洪流之中。它于是开始说话了,而它的声音像是发自我内心深处。我思想,它说,我汇集一切为无热之明、无亮之光、未经精炼之产物者,我酝酿它们、整合它们,并在我自身的首个缺空中发现自己如一完美之单体置身于那最激烈之强度核心。我思想,它说,我是一全能辐照之主体与客体;使出全部能量将自己做成夜晚也做成日光的太阳。我思想,在那思想加诸我之处,我,我能够将自己从存在中扣除,没有缩减,亦

无变化,以一于任何可将我捕获的穴窝外能为我保留
住我自身的变形。我的思想之属性,非如石头、如万物
般向我确定实存一事,而是让我确信存在就在虚无本
身里,并诱导我不要存在以便让我感受自己那绝妙的
缺无。我思想,托马说,而我变成的这个隐形的、不可
言喻的、非实存的托马使得我从此不在我原先所在之
处,而这其中甚至没有丝毫玄秘。我的实存完全变成
一个缺无者——其依随我所完成的每一个行为,借着
不完成它去产生同一个行为——的实存。我走路,计
算着我的步伐,而我的生命就是一个严密地被围限于
水泥中之人的生命;他没有腿,甚至没有行动的观念。
太阳下,唯一一个不被太阳照亮的人行进着,而这从自
身中逃开的光、这非热之酷热,却又出自于一颗真正的
太阳。我看向前方:一个少女坐在长凳上,我走近,在
她身旁坐下。我们之间仅有着些微的间隔。甚至她只
要转头,就可看到我全身。她看见了我,用她的眼睛所
交换的我的眼睛,用那差不多就是她的脸的我的脸,用

那轻易取得她肩膀上位置的我的头。转眼间,她已经贴合上我。仅一道目光,她已在我内中融化,并且在此亲密中,发现了我之缺无。我感觉她受到迫压、颤抖着。我猜想她的手已预备向我挪近、碰触我,但她意欲握住的那唯一一只手却是无法捉摸。我明白她激切地找寻她迷乱的根源,而当她发现我内中并无任何异常之处时,惊恐立刻将她攫住。我和她相同。我的怪异性源自于一切让她不觉我怪异者。她惊骇地在她所具备的平凡的一切当中发现了我所具备的非凡的一切之源头。我是她悲剧的分身。她若起身,从看见我起身她就知道这是个不可能的动作,但她也知道这对她而言是个极其简单的动作,她的惊恐于是达到最高点,因为我们之间没有任何不同。我将手带至额头,天气很热,我拨了拨头发。她带着极大的怜悯看着我。她可怜这个没有头、没有手、完全缺无于夏天且付出无法想象之努力擦拭汗水的男人。然后,她又看了我,接着便感到晕眩了。因为我的动作有何疯狂之处?这是个无可解释、无可肯定且其荒谬性自我消灭的荒谬物事,身为荒谬之荒谬,完全相同于一理性物事。我提供这位少女某一荒谬物事之经验,而这是个极严酷的考验。我荒谬,并非因为那让我以人之脚步行走的山羊脚,而是因为我那匀称的身形和完整的肌群才让我得以踏出正常的步伐;一种正常却荒谬,且每次只要是正常,就会愈显得荒谬的步伐。接着,换我看向她了:构成我所为她带来唯一真正之奥秘者,是奥秘的缺无,是她只能永恒地寻觅下去。在我内中,一切都清晰,一切都单纯:纯粹的谜秘中没有底层。我呈现给她一张全无秘密、无法解译的脸;我心之外她不曾如此悉察;她知道我为何而生、为何在此,而她愈是缩减我内中那陌生的部分,她的不适与惊惶愈是增加。她被迫对我透露,她将我与我最后的影子分开,又害怕看见我没了影子。她激狂地追逐着这个奥秘;她永无餍足地摧毁我。我对她而言是在哪里呢?我已经消失了,却感觉到她绷紧身子准备像跃入她的镜子里一般投身我之空无。从此，她的映像、她确实的形态就在那里，她私人的无底深渊就在那里。她看见自己并欲望着自己，她将自己泯除又将自己吐出，她无法形容地怀疑着自己，她屈服于在自己不在之处达及自己的诱惑。我看到她已经支持不住。我把手放到她膝盖上。

"我很悲伤，夜晚来了。但我也体验到悲伤的相反。我处于只要稍微体验忧郁便可感受到憎恨与喜悦的这个时刻点上。我感觉到自己变得温柔，不仅对于人，对他们的激情亦然。人们借着某些情感而能爱他们，而我就透过爱上这些情感来爱他们。我为他们辗转地带来奉献与生命：要将我们分开，唯有那能将我们结合者、友谊、爱情。在我内中深底，于日之将尽，沉淀出那将我当成客体的情感波动。我以憎恶之精神爱着我自己，我以恐惧安抚自己，我在那将我从生命中支开的感觉中品尝生命。所有这些激情积压在我内中，只造就了我之为我，而整个宇宙使出完全的激狂就为模糊地让我感觉到我自己，感觉到某种无可感觉之存在。

而现在寂静也随着夜晚降临了。我再也无法说出任何感觉。我身处之状态,若我称之为无动于衷,我同样也可称之为烈火。我所感觉到的,是那被感觉者之源泉,那被认定无法感知的根源;是那无法区分快感或厌斥的意念。而确实,我毫无感觉。我触及那所感受者与被感受者毫无关系的区块。我降入粗硬的大理石块中,感觉却像在海面上滑行。我溺入无声的青铜里。处处为严峻、钻石、无情之火,却是泡沫的触感。欲望的绝对缺无。无动念,无动念之幽魂,亦无不动。就是在这样一种贫乏中,我认出了人们因为一个无足轻重的奇迹而将我从中拖出的所有激情。缺无于安娜;在爱着安娜的限度内,缺无于我对安娜的爱。而且,双重地,缺无于我,因为每次都被欲望带到了欲望之外,甚至也摧毁了这个让我感觉自己真的就存在于其中的非实存托马。缺无于此缺无的我,无止境地后退。我丧失和我所逃离之地平线的一切接触。我逃离我的逃离。何处是尽头?空无已经让我感觉像是满盈之顶点

了:我听见它,我体验它,我耗竭它。现在,我像是一只
被自己的一跳所惊吓的兽。我以对于我坠落之恐惧跌
落。我发晕地渴望将自己从自我中吐出。是夜晚吗?
是否我已回到,另一个,原来的我之所在? 这又是一个
无上的寂静时刻。静默,灵魂之透性庇护所。我惊骇
于这平和。从那含括我的温柔中,我感受到一种将我
耗尽的折磨。若我拥有一副身躯,我会将手伸至咽喉。
我想要受苦。我想为我自己准备一个单纯的死亡,在
一场我将自己撕裂的临终之中。何等的平静! 我饱受
悦乐的摧残。再无任何合属于我之物事如开向一可怕
的强烈快感般开向那空无的未来。没有任何观念、任
何形象、任何情感支撑我。刚才我毫无所感,对每种感
觉只感受到如一巨大的缺无,而现在我却是在感觉的
完全缺无中感受到最强烈的感觉。我从那我所没有的
惊恐中得取我的惊恐。惊恐、恐怖,隐喻穿行过一切思
想。我和一个对我显露我无法将之感受的感觉缠斗
着,而就是在这时刻我感受到了这感觉,以一股将这感

觉做成一无法表达之磨难的力量。这没什么,因为我
能够将之感受为另一种感觉,惊恐感受为快感。然而
恐怖的是于其内中,那种无任何感觉为可能,如同任何
思想或任何意识亦不可能的意识已经开启了。但更恐
怖的是在掌握住它的同时,它非但不像幽灵般一经碰
触即消散无踪,反而是我令其毫无限度地增长。我感
受它,如未感受到它,如无任何感受、无存在,而这荒谬
便是它那怪兽般的实质。某个完全荒谬的东西给了我
理由。我自觉死了——不;我自觉,活着,无限地比死
更死。我发现我的存有,于一它所不在的迷眩深渊里,
缺无,它如一神明般置身其中的缺无。我不在而我续
存;一个必然的未来为这被灭除的存在无尽地延展。
希望转为惊恐,对抗那将之拖引的时间。所有的感觉
喷涌出自身之外,而这些被摧毁、被废除的感觉汇集向
那捏塑我、造就我、解灭我并且让我于一全然之感觉缺
无中以虚无之形态恐怖地感觉到我之现实的这样一种
感觉。必须予以命名的感觉,我称之为恐慌。夜晚终

于到来。黑暗并不隐藏任何物事。我首先辨识出这个
夜晚并非光明之暂时缺无。它远非为形象的一个可能
处所,而是含括了一切无法被看见且无法被听见者,而
且在聆听它的同时,甚至一个人也会知道,如果他不是
人,那他就什么都不会听见。真正的夜晚因此欠缺那
未被听闻、未被目睹者,那凡是能让夜晚变为可居住之
一切。除了自己之外,它不让任何东西归结于它;它是
无可穿透的。我发现自己真的就置身于之外,如果之
外就是那不承认之外者。这个夜晚,以一切事物均已
消逸的这种感觉,为我带来任何事物对我均为直接的
这样一种感觉。它是那自足的无上关系;它恒久地将
我带向自我,而一条从等同到等同的晦暗路线让我得
知对于一绝妙进展之欲望。在这同一者的绝对重复
中,生成了那无法通抵休憩的真正运动。我感觉自己
被夜晚引领向夜晚。某种的存在,由一切被存在所排
除者所构成,如目标般对我的行步显现。那不被看见、
不被理解乃至不存在者,紧邻着我形成了另一个夜晚

的位阶,但这另一个夜晚却也是相同的一个夜晚,那虽
已与我融为一体,仍令我无法形容地恋慕着的夜晚。
我可及之处为一世界——我称之为世界,就像死了的
我会称土地为虚无。我称之为世界,因为没有其他对
我来说是可能的世界。我相信,如同朝一物体前进般,
我把它变得更近了,然而是它包含着我。它,不可见且
于存在外,于存在中看见我且支撑我。它自己——若
我不在这里早就成为无可辩解之空想的它——我辨识
出它,不是在那我对它所具备的视象里,而是在它对我
所具备的视象与认知里。我被看见。在这目光下,我
将自己命定给 一种不是将我化减,而是让我变为真实
的被动。我既不试图区别它,亦不寻求追及它或假定
它。十足粗心的我,因一时分神而为它保留了那种适
合于它的不可接近之性格。我的感官、我的想象、我的
精神在它注视我的那边皆已死亡。我将它如那唯一之
必然般抓住,那甚至不是一个假设的它;如我那唯一之
抗力,那将我自己消灭的我。我被看见。布满微孔、等

同于那不可见之夜的我被看见。和它一样不可感知的我知道那看见我的它。它甚至是我所拥有的那被看见之终极可能性，而我却不复实存。它是那道继续在我的缺无中看见我的目光。它是那随着我的消失愈趋完全而愈被严格要求的眼睛，为使我作为一视象物体而永存。在夜晚里，我们是分不开的。我们的亲密就是这夜晚本身。我们之间，任何距离都已消除，但这是为了让我们无法彼此接近。它对我是朋友，是友谊将我们分隔。它对我是连体，是结合将我们区分。它是我自己，对我而言并不实存的我。在这时刻，我只对那并不对我实存的它具有实存。我的存在仅能在一个恰和我的视点不兼容之至上视点中续存。那使我消逝于自己眼前的角度，为那被我禁绝一切影像的非现实眼睛，修复我，完整的影像。在所有可想象形象的缺无中，相对于一个没有影像的世界而将我显像的，完整的影像。一个非存在之存在，而我就是它所激起、作为其深透谐性之渺小否定。在夜里，我是否将变成宇宙？我感觉在那不可见且非实存的我的每一部分，我整体是至高无上地可见。被巧妙地连结的我，以一独一之影像提供世界的表达。无色彩，无任何可思之形式予以登录，且亦非一强大头脑之产物的我，是那唯一必然之影像。在那绝对之眼的视网膜上，我是一切物事之小型倒影。我带给它合我尺寸的私人视象，不只是关于海的，也关于那依旧回荡着第一个人类呼唤之声的山谷所响起的回音。那里，一切分明，一切混淆。一个完美的单一体，在我所身为之棱镜下，释放出那使一切于不见中均为可见之无限散逸。我更新了挪亚（Noé）粗略的试验。为了那名检视我、爱我并且强力将我拉入其荒谬之中的观众，我将那仅对于超出整体之荒谬存在为真实且可感之整体原则关进我的缺无之中。由于了解我内中一切那受我供给而欲望自己之倒影者——一如水对纳瑟西斯（Narcisse）之供给——我于是被排除于一切之外了，且一切本身亦被排除，而更甚者尚有那神迹般之缺无者，那缺无于我且缺无于一切、为我缺无而我却又

为其所接受之此一荒谬性而独自努力着的缺无者。我
们三者——数字本身已如怪物,当三者之一便是全
部——均遭受相同之逻辑上的流放。我们被那我们身
处之相互失败所结合,而其间的差异在于我只相对于
我的凝视者才成为于自身之外代表一切之无理性存
在,但却也是相对于此凝视者我才无法非理性,若其自
身代表此一外在于一切之实存的理性。然而,在这夜
晚,我背负着一切,朝向那无限地超出一切者前进。我
推进至那我其实紧紧抱住的整体之外。我来到宇宙的
边限,大胆地走在非我所能存在之处,且稍微外于我之
脚步。这个轻微的荒唐举动,朝向那不可存在者之偏
离,不只是我自己那将我带至个人之癫狂的行动,还有
我那随身拖带着的理性之行动。和我一起,律法环绕
于律法之外,可能于可能之外。噢,夜晚,现在,什么也
不能使我存在,什么也不能将我与你分离。我巧妙地
黏附上你邀我加入的那单纯里。我俯身向你,等平于
你,提供你一面镜子,为你那完美之虚无、为你那非光

明亦非光明之缺无的黑暗、为此一凝视之空无。对一切你是以及——就我们的语言而言——不是者,我添加一层意识。我让你如一种关系般体验你那无上之身份,我命名你并定义你。你变成一种美妙的被动性。你达到一种于弃绝中对于自己的完全占有。你赋予无限关于其极限之光荣感觉。噢夜晚,我让你品尝你的极乐。在我内中,我察觉到那关于你的贫瘠之意识所带给你的第二个夜晚。你于全新的限制中绽放。你永恒地透过我凝视自己。我和你在一起,犹如你是我的作品。我的作品?? 是什么怪异的光线落在我身上?将我自一切被造事物中吐出之努力,是否就会造就我成为那至高之创造者? 使出了所有力气与存在相抗衡的我,发现自己重现于创造之核心。我,我自作为创造者,对抗创造之行为。我来了,带着那关于绝对之意识,如一于我竭力不自成之时间中被我做出的物体之意识。那未曾有过原则者接纳我进入其永恒之初始,我,身为我自身起始之顽固拒绝的我。我就是那无根源者之根源。我创造那不可被创造者。以一全能之暧昧性，非被创造者对于他以及对于我是同一个词。对他而言，我是他若不存在则将成为者之形象。而因为他不可能存在，我以我的荒谬性而成为他极致之理由。我强迫他存在。噢夜晚，我是他自己。现在他将我带进了他的创造所构成的陷阱里。现在是他强制我存在。他永恒的囚徒，是我。他纯粹为了自我而创造我。他将我，虚无的我，做成似同于虚无。他松散地将我交付给悦乐。"

十二

托马步入乡间,他看见春天已经开始。远处,沼塘流溢出浑浊的水,天空闪耀着光芒,生命青春而自由。当太阳爬升至地平线之上,属性、族类,甚至于那以无物种之个体为代表的未来物种,全都在一充满光辉的失序中聚居于孤独里。原本千万年之后才会飞的无鞘翅蜻蜓试着飞起;眼瞎的蟾蜍在泥巴中爬行,试图睁开它们那仅在未来才能看见的眼睛。其他那将目光招引入时间之透明中者,便逼使那看视他们者借由眼睛的一种无上预知变为得见异象者。耀眼的光啊,所有的物种于其中均受太阳的光照、浸润,且为接收新火焰之反光而抖动。死灭的想法逼促着蛹蜕变为蝴蝶,对于绿毛虫,死亡即是接受飞蛾灰暗的翅翼,而在蜉蝣中有种骄傲的反抗意识,带来那生命或将永远持续下去的醉心印象。世界有可能更美吗?通过田野铺展着色彩的完美典范。通过透明而空无的天空铺展着光线的完美典范。无果之树、无花之花于其茎底散发着清新和青春。玫瑰园中,却是一朵无法令其凋谢的黑花替代了玫瑰。春天像个闪亮的夜晚覆裹住托马,他感觉自己正被这满溢至福的自然轻轻召唤着。为了他,土地上茂长出一片果园,鸟儿飞翔于虚无之中,而一片汪洋大海在他脚下展开。他走着。这是光的全新光芒吗?仿佛,借由一个已被期待了数个世纪的奇景,土地现在终于看见了他。迎春花任由他那看不见的目光看视。布谷鸟开始为他那聋了的耳朵鸣唱前所未闻的歌曲。宇宙凝视着他。他所唤醒的喜鹊,已经变成一只全宇宙之鸟,为这俗世投以一声啼鸣。一颗石头滚转,穿过那与光灿世界具有同一一统性的无限多种变形。于这

些轻颤中,孤独爆发开来。在那天空的深底,可以看见
浮升出一张灿然而妒忌的脸,用眼睛吸收着所有其他
的面容。一个声音响起,沉穆而和谐,如那无人可听闻
之音声般回响于钟罩之内。托马前行。那即将骤现的
大不幸依然像是个甜蜜而平静的事件。谷地里,丘陵
上,他的行路像个在耀亮土地上的梦境延伸着。行经
一个充满芳香而拒绝其香气的春天,以及凝视那带着
鲜艳色彩而无法被看见的花朵,是多么怪异啊。为色
差之总编目所拣选的各色鸟儿飞升,带来那红的与黑
的空无。被指派给无音符之音乐学院的暗浊鸟儿,咏
唱着歌唱之缺无。还是可以看见几只蜉蝣以真正的翅
膀飞翔,因为它们就要死了,而一切就是这样。托马跑
起来,而突然间,世界再也听不见那穿过深渊的呼喊。
一只无人听闻的云雀,为一颗它所看不见的太阳抛出
尖锐的声响,然后飞离气层与太空,因为无法在虚无中
寻得它爬升路径的顶点。一朵玫瑰在他路过时开了,
以它无数花冠的光芒碰触了他。一只夜莺从一棵树跳

到另一棵树上,一路跟随着他,让人听见它那不凡的哑
音,而这个不论对自己或对其他所有人来说都是个哑
巴的歌手,其实唱着绝妙的歌曲。托马朝城里前进。
已无声响,亦不再有静默。被那波潮之缺无堆栈出的
海浪所吞没的人,于一单声之对话中对着他的马儿说
话。而在一场爆出了千百声道的独白中自言自语的城
市,静立于亮闪与透明之影像所构成的废墟里。城市
究竟在何处?置身城区中心的托马,没遇见任何人。
住有千万居民的宏伟屋宅被弃置,独独少了被强力禁
锢于石头里的建筑师这样一个最根本的住民。未被矗
立的巨大城市。大楼堆挤迭层。碑记与建物的纽结成
形于十字路口。远眺水平面,可见接近不了的岩石海
岸缓缓隆升,是那通向太阳之死尸般现身的死路。这
一深暗的凝望无能持续。成千成万的人,那不再居住
于任何处所的居家游牧族,涌向世界的边境。他们跃
入、钻进土里,而当一整片物事化为烟尘之际,被围困
于托马精心砌起的砖墙之内的他们踏步前进,脚下拖

带着场域的巨大性。卷入了这创造之初探，他们在短
渺的一刻间并纳了高山。他们如星辰般升起，以其不
被预期之运行破坏宇宙之秩序。他们以瞎盲的手碰触
那些不可见之世界，只为将之摧毁。那些已不再发光
的太阳，焕然灿现在他们的轨道上。大白昼将他们拥
抱，却也是徒然。托马依然向前行去。他像个牧人，带
领着星群、星人之潮走向第一个夜晚。行路庄严而高
贵，然而目标为何？形式又为何？他们依旧自认被禁
闭于一个他们亟欲跨越其极限的灵魂里。记忆让他们
感觉就像是这片被一颗美妙的太阳所融化的冰原沙
漠，而他们在其中，借由那灰暗、冰冷且远离那曾对其
多所珍爱的心这样的回忆，重新掌握了那个他们试图
于其中重生的世界。尽管没有了躯体，他们已经很高
兴拥有了所有代表一具躯体的形象，而他们的精神也
滋养着那由想象的尸体所排列出的无尽队伍。然而遗
忘缓缓逼近。那令他们于可怕之情境中骚动不已的巨
大记忆披覆住他们，并将似乎仍一息尚存的他们逐出

这邦城。再一次,他们失落了他们的躯体。有人骄傲地将目光潜入海里,有人奋力地保全其名姓,然而就在复诵着托马这个空洞的词时,这些人全都无一例外地失去了话语之记忆。回忆消隐,而他们,变身为受诅咒之狂热——其徒劳地悦乐他们的希望,一如囚犯仅有锁链供其脱逃——试图回溯到那个他们无法想象的生命。可以看见他们绝望地弹出围篱之外,偷偷地漂浮、滑行,但当他们自信已经飞跃至胜利,并试着以思想之空无组构出一个足以吞噬律法、定理、智慧的最强思想时,那来自于不可能之守门员攫住了他们,于是他们坠沉入破败之中。沉重、延长的坠落:是否他们已如他们所梦想的那般抵达了他们自信已穿行过的灵魂的边境?慢慢地,他们脱离了这个梦,而面临的孤独是如此巨大,致使那些当他们还是人的时候被用来惊吓他们的怪兽向他们靠近,他们亦视而不见,只是漠然地看着它们,并在俯身向地下墓穴的同时,神秘而无动于衷地等候那每个先知已于胸臆间感受到其生成之语言从海里冒出,并将那不可能之词语全塞入他们的嘴里。这个等待,死丧之蒸雾,一滴一滴从一座高山的顶巅喷出,似乎不会有终点。但当暗影的深处真实响起一声如同梦境终结的长长呼喊时,他们全都认出了海洋,并看见一个以其巨大与温柔唤醒他们内中那无法承受之欲望的眼神。短暂变回了人的他们于无限中看见了一个令他们欣喜的景象,他们屈服于这最后一次诱惑,快意地在水里脱光了衣服。

托马也一样,看着这波粗略影像的浪潮,而轮到他时,他也纵身一跃,却是哀伤地,绝望地,仿佛耻辱于他已经起始。